भारत के वीर योद्धा

महाराणा प्रताप

भारत के वीर योद्धा
महाराणा प्रताप

सुशील कपूर

प्रभात
प्रकाशन

प्रकाशक

प्रभात प्रकाशन प्रा. लि.

4/19 आसफ अली रोड, नई दिल्ली-110002

फोन : 011-23289777 • हेल्पलाइन नं. : 7827007777

इ-मेल : prabhatbooks@gmail.com ❖ वेब ठिकाना : www.prabhatbooks.com

संस्करण

2026

पेपरबैक मूल्य

तीन सौ रुपए

मुद्रक

नरुला प्रिंटर्स, दिल्ली

★

Bharat Ke Veer Yoddha MAHARANA PRATAP
by Shri Sushil Kapoor

Published by **PRABHAT PRAKASHAN PVT. LTD.**
4/19 Asaf Ali Road, New Delhi-110002

ISBN 978-93-5048-571-2

₹ 300.00 (PB)

अनुक्रमणिका

1

मेवाड़ का राजवंश

वैसे तो मेवाड़ का इतिहास अति प्राचीन है। पुरातात्त्विक खुदाइयों से पता चलता है कि ईसा पूर्व दूसरी शताब्दी से पहली शताब्दी तक यहाँ नदियों के किनारे मानव बस्तियाँ थीं। महाराणा प्रताप के पूर्वजों का काल गुहादित्य से आरंभ होता है, जिन्होंने बलयी से आकर यहाँ अपने राज्य की स्थापना की। इनके वंशज सुहिल या गुहिलौत कहलाए, जिसकी एक शाखा सिसौदिया कहलाई। आगे चलकर इसी वंश में बप्पा रावल जैसे महापराक्रमी राजा हुए, जिन्होंने 734 से 753 ईसवी तक राज्य किया। विदेशी आक्रमणकारियों से मेवाड़ को स्वतंत्र रखने के लिए प्रबल संघर्ष करने के प्रमाण बप्पा रावल और उनके उत्तराधिकारियों की वीरता की गाथाओं से मिलते हैं। इन्होंने सिंध और मुलतान तक जाकर अरब आक्रमणकारियों को खदेड़ा, ताकि वे भारत-भूमि पर आगे बढ़ने का साहस न करें।

बप्पा रावल की कई पीढ़ियों के बाद उनके वंशज सुमेरसिंह 1191 ई.में जब सिंहासन पर आसीन थे, तब मुहम्मद गोरी ने भारत पर आक्रमण किया था। सुमेर सिंह के आठवें वंशज रतनसिंह के समय सन् 1303 में अलाउद्दीन खिलजी ने चित्तौड़ पर हमला करके उसे जीत

लिया था। राजपूतनियाँ अपनी महारानी पद्मिनी के साथ जौहर करके जिंदा चिता में जल गईं और उनके वीर पति, पिता, भाई केसरिया बाना पहन दुर्ग के द्वार से निकलकर अलाउद्दीन की विशाल सेना से जा टकराए। जब तक इनमें से एक भी राजपूत जीवित था, खिलजी की सेना को उसने आगे नहीं बढ़ने दिया। जब अलाउद्दीन ने चित्तौड़ के दुर्ग में प्रवेश किया तो उसे राख के ढेर के अलावा कुछ भी हाथ न लगा। एक महाश्मशान में खड़े अलाउद्दीन को समझ नहीं आ रहा था कि अपनी इस जीत पर हँसे या रोए। उसने अनेक युद्ध लड़े थे, पर न कभी ऐसी स्थिति का सामना किया था और न इसकी कल्पना ही की थी। बहरहाल अपने बेटे को चित्तौड़ की सूबेदारी सौंपकर अलाउद्दीन दिल्ली लौट गया।

इसके बाद मेवाड़ के इतिहास के गगन में एक और देदीप्यमान नक्षत्र का उदय हुआ, जिसका नाम था हमीर। हमीर शूरवीर भी थे और महत्त्वाकांक्षी भी। उन्होंने सिंहासन पर बैठते ही अपनी सैनिक शक्ति बढ़ाने और राज्य विस्तार की योजनाओं पर काम करना आरंभ कर दिया। उनकी आँख की सबसे बड़ी किरकिरी तो चित्तौड़गढ़ था, जो उनके पूर्वज रतनसिंह से खिलजी ने छीन लिया था। उन्होंने पर्याप्त सैन्यबल, सुनियोजित रणनीति और आत्मविश्वास के साथ आक्रमण करके चितौड़गढ़ जीत लिया। खिलजियों के बाद हमीर की तुगलकों से भी कई बार मुठभेड़ें हुईं, जिनमें हमेशा वे विजयी रहे। अपने राज्य का विस्तार करने और उसे सुगठित करने के बाद हमीर ने राजगद्दी अपने योग्य पुत्र क्षेत्रसिंह को सौंपी। हमीर के विषय में एक और उल्लेखनीय बात यह है कि सर्वप्रथम इस वंश में उन्होंने ही महाराणा की उपाधि धारण की थी, जो आगे आनेवाले मेवाड़ के शासकों की उपाधि बनी रही।

क्षेत्रसिंह के बाद 1382 ई. में महाराणा लाखा और उनके बाद

1433 ई. में मेवाड़ के शासन की बागडोर उनके पुत्र महाराणा कुंभा के हाथों में आई। उन्होंने अपने कुशल शासन और युद्धों में मेवाड़ की विजय-पताका फहराकर उसकी प्रतिष्ठा में चार चाँद लगा दिए। अपने राज्य का विस्तार करने के साथ-साथ महाराणा कुंभा ने कई दुर्ग बनवाकर उसे सुरक्षित करने का भी प्रयास किया, लेकिन कुंभा के राज्यकाल का सबसे खेदजनक और लज्जास्पद प्रसंग यह रहा कि मेवाड़ के ऐसे यशस्वी एवं योग्य शासक की हत्या उसके अपने ही अयोग्य पुत्र उदा ने कर दी। मेवाड़ के वीर सामंतों से यह सहन न हुआ। उन्होंने उदा के छोटे भाई रायमल को महाराणा घोषित कर दिया। दोनों भाइयों के बीच हुए युद्ध में रायमल आशा के अनुरूप विजयी रहे।

रायमल के उत्तराधिकारी संग्रामसिंह महापराक्रमी सिद्ध हुए। राणा साँगा के नाम से विख्यात इस वीर सेनानी ने 1508 ई. में सत्ता सँभालते ही मेवाड़ की शक्ति बढ़ानी आरंभ कर दी। अपनी विजय-पताका फहराते हुए राणा साँगा ने उन सभी प्रदेशों को फिर से अपने राज्य में सम्मिलित किया, जो राणा कुंभा के बाद मेवाड़ के शासकों से छिन गए थे। वे अथक परिश्रमी और अत्यंत योग्य सेनापति थे। उनके शरीर पर 80 वीर चिह्न (युद्ध के घाव) थे। राणा संग्रामसिंह को सबसे बड़ा आघात खानवा की लड़ाई में जहीरुद्दीन बाबर से हारने पर लगा। वे पूरी तरह टूट गए और जंगलों में चले गए। इसी बदहाली में 1528 ई. में उनका देहांत हो गया।

राणा साँगा के बाद मेवाड़ का इतिहास उथल-पुथल, षड्यंत्रों, हत्याओं की शर्मनाक गाथाओं का इतिहास है, जिसके अंतिम निष्कर्ष के रूप में राज्य के वास्तविक हकदार उदयसिंह को महाराणा का पद मिला। षड्यंत्र के बल पर दासी पुत्र से महाराणा बने बनवीर को युद्ध में हराकर 1540 ई. में उदयसिंह जब चित्तौड़ के सिंहासन पर आरूढ़ हुए, तब मेवाड़ में अराजकता का वातावरण था। हालाँकि तब उदयसिंह की

उम्र बहुत कम थी, लेकिन जल्दी ही उन्होंने राजपाट को ठीक से सँभालने की कोशिशें शुरू कर दीं और जीर्ण-शीर्ण मेवाड़ की हालत धीरे-धीरे सुधरने लगी।

युवा होते ही राणा उदयसिंह आकंठ विलासिता में डूब गए। उनके रनिवास में 20 रानियाँ थीं। उनके पुरखे जहाँ तलवार के धनी थे, उनकी तुलना में विलासी उदयसिंह को कायर ही कहा जाएगा। उनके राज्यकाल में जब पहली बार 1544 ई. में शेरशाह सूरी ने जोधपुर जीतने के बाद चित्तौड़ का रुख किया तो उदयसिंह ने आक्रमणकारी का मुकाबला करने की तैयारी करने के बजाय दुर्ग की चाबियाँ शेरशाह को भिजवा दीं। शेरशाह ने भी राजपूतों से नाहक उलझना ठीक नहीं समझा। उसने यह आत्मसमर्पण स्वीकार करते हुए अपने एक प्रतिनिधि शम्स खाँ की वहाँ नियुक्ति करके उदयसिंह को उसकी देखरेख में शासन चलाने की अनुमति दे दी।

चित्तौड़ पर दूसरा बड़ा संकट 23 अक्तूबर, 1567 को आया, जब अकबर ने एक बड़ी सेना लेकर उस पर चढ़ाई कर दी। उदयसिंह को पहले ही इसकी भनक लग गई थी। वह पश्चिमी पहाड़ी प्रदेश में चले गए। किले की सुरक्षा के लिए उन्होंने वीर राजपूत जयमल और फत्ता के नेतृत्व में 8 हजार राजपूतों को नियुक्त कर दिया। आसपास का इलाका खाली करवा दिया गया। कुछ लोग दूर जंगलों और पहाड़ों में चले गए। बाकी करीब 30 हजार नगरवासी किले को सुरक्षित जानकर वहाँ आ गए।

उन दिनों किला जीतने का एक पुराना आजमाया हुआ तरीका था—उसकी घेराबंदी करके पड़े रहना। जब किले का राशन-पानी खत्म हो जाता था तो उसमें तैनात छोटी सी सेना को फाटक खोलकर खुले में शत्रु से लड़ना ही पड़ता था। अकबर ने भी यही किया। वह कई महीनों तक किले को घेरकर बैठा रहा, पर उसके पास न इतना धैर्य था, न समय था। उसने अपने कारीगर लगाकर दुर्ग की मजबूत चारदीवारी में

सुरंगें बनाने और कई स्थानों पर उसे तोड़ने का काम शुरू कर दिया। आखिरकार राजपूतों के भरसक विरोध के बावजूद किले की दीवार कई जगहों से टूटी। अब प्रत्यक्ष युद्ध के अलावा कोई विकल्प न था। राजपूतनियाँ जौहर की ज्वाला में कूद गईं और केसरिया बाना पहने वीर राजपूत दुर्ग के द्वार खोलकर मुगलों की विशाल वाहिनी पर टूट पड़े।

विजयी अकबर ने चित्तौड़ में प्रवेश किया तो न वहाँ उदयसिंह मिले और न उनका शाही खजाना। चिता की राख के अलावा अगर वहाँ कुछ था तो वे निस्सहाय परिवार, जिन्होंने शत्रु के भय से गढ़ में शरण ली थी। अकबर महान् कहे जानेवाले इस मुगल सम्राट् ने खीजकर उन सबके कत्लेआम का हुक्म जारी कर दिया। उन निहत्थों पर मुगल सैनिक टूट पड़े और देखते-ही-देखते वहाँ लाशों के ढेर लग गए। राजपूतों की आन-बान का प्रतीक चित्तौड़ अब मुगलों के कब्जे में था।

कुछ इतिहासकारों ने टिप्पणी की है कि यह उदयसिंह का कपट था कि उन्होंने संपूर्ण शक्ति लगाकर चित्तौड़ को बचाने का प्रयास करने के बजाय एक छोटी सी राजपूत सेना को वहाँ रक्षा के लिए छोड़ दिया और स्वयं खिसक गए। पर इसका दूसरा पहलू भी है जिस पर विचार न करना उदयसिंह के साथ अन्याय होगा।

चित्तौड़ के लिए लड़ी गई तीन मुख्य लड़ाइयों पर अगर हम नजर डालें तो स्पष्ट हो जाएगा कि अजेय समझे जानेवाले इस दुर्ग की रक्षा करना वास्तव में लगभग असंभव है। उसके चारों ओर का समतल भूभाग शत्रु सेना को पड़ाव डालने और किले को घेरकर बसे रहने की पूरी सुविधा देता है। शत्रु द्वारा किले की पूरी नाकेबंदी हो जाने से बाहर से कोई सहायता नहीं मिलती और अंदर रसद खत्म हो जाने पर रक्षक सेना को बाहर आकर शत्रु का सामना करना पड़ता है। अलाउद्दीन खिलजी के विरुद्ध इसी तरह लड़ते हुए वीर राजपूत मारे गए और महारानी पद्मिनी सहित हजारों राजपूत रानियों ने अपने सम्मान की रक्षा के लिए अग्नि-समाधि ली।

दूसरी बार जब गुजरात के बहादुरशाह ने चित्तौड़गढ़ पर आक्रमण किया, तब भी इसी की पुनरावृत्ति हुई। रानी कर्मवती 13,000 राजपूतनियों के साथ जौहर की ज्वाला में भस्म हो गईं और राजपूत शत्रु से जूझते हुए वीरगति को प्राप्त हुए। उदयसिंह के समय यह तीसरी पुनरावृत्ति थी।

पिछले कटु अनुभवों की सीख तो यही थी कि अगर दुश्मन की ताकत बहुत ज्यादा हो, प्राणपण से जूझने पर भी परिणाम मर-मिटना और पराजय ही हो तो अपने जन-धन के सारे संसाधन ऐसे युद्ध में न झोंके जाएँ। महाराणा उदयसिंह ने न तो अकबर की सेना के सामने हथियार डाले, न ही उससे संधि की, यथाशक्ति प्रतिरोध करने की व्यवस्था की और जितने संसाधन बचा सकते थे, उन्हें लेकर गढ़ से निकलकर सुरक्षित स्थान पर चले गए। इससे निश्चय ही जान-माल की काफी हानि से मेवाड़ बच गया।

राणा उदयसिंह जानते थे कि एक-न-एक दिन चित्तौड़ जैसे असुरक्षित गढ़ से उन्हें निकलना पड़ सकता है और किसी प्रबल शत्रु के आक्रमण की स्थिति में किला राजपूतों के हाथ से निकल सकता है। अतः उन्होंने वैकल्पिक व्यवस्था के तौर पर उदयपुर बसाना आरंभ कर दिया था। वहाँ पानी की व्यवस्था के लिए एक विशाल झील उदयसागर भी बनाई गई, जिसके वर्षाकाल में भर जाने पर साल भर पानी की जरूरत पूरी हो जाती थी। इसे पलायन की योजना या कायरता कहना उचित नहीं। यह दूरदर्शिता और व्यावहारिक समझदारी ही थी। जैसे कि हम पहले उल्लेख कर चुके हैं, शेरशाह सूरी के आसन्न आक्रमण को टालने के लिए उदयसिंह ने चित्तौड़गढ़ की चाबियाँ उसे भेजकर अनावश्यक रक्तपात से खुद को बचा लिया। अकबर ने चित्तौड़ में आने पर निरीह नागरिकों का जो अमानुषिक कत्लेआम किया, उसके लिए भी उदयसिंह को उत्तरदायी नहीं ठहराया जा सकता। कदाचित् राणा को अकबर जैसे शासक से नृशंस व्यवहार की आशा न थी।

कुछ इतिहासकारों का यह भी मत है कि उदयसिंह को गढ़ छोड़कर किसी सुरक्षित स्थान पर चले जाने की सलाह खुद उनके प्रमुख सामंतों ने दी थी। यदि ऐसा नहीं भी हुआ हो, तो भी इतना लगभग निश्चित है कि उनके गढ़ त्यागने के निर्णय में उनकी सहमति अवश्य रही होगी। मेवाड़ में राजपूत सामंत सदा शक्तिशाली रहे हैं और उन्होंने असहमत होने पर अपने राणा का विरोध करने में भी कभी संकोच नहीं किया। इस बात का कोई साक्ष्य नहीं मिलता कि चित्तौड़गढ़ में रहकर मुगलों का सामना न करने के उदयसिंह के निर्णय का कोई विरोध हुआ हो। आखिर अपनी प्रतिष्ठा के प्रतीक स्वरूप एक गढ़ की रक्षा के निमित्त पूरे मेवाड़ को संकट में डालने, प्रजा को बदहाली की स्थिति में पहुँचाने और सारी युवा पीढ़ी का बलिदान देकर भी पराजय का ही मुँह देखने में वीरता भले ही हो, समझदारी न थी। यह वीरता और बलिदान पर आधारित पुरानी नीति के विपरीत नई नीति थी। एक नई सोच, जिसे कायरता की संज्ञा दी गई।

उदयसिंह ने यदि क्षात्र धैर्य का पालन किया ही न होता, अनावश्यक युद्धों से भी कतराते तो उन्हें अवश्य कायर माना जाता, लेकिन सिंहासन पर आसीन होने के बाद अपने राज्य की सुदृढ़ता के लिए और उसे विस्तार देने के लिए उन्होंने सैनिक अभियान भी चलाए, जिनमें से अधिकांश में विजयी रहे। इतना अवश्य है कि ये युद्ध उनके आदेश पर उनके सामंतों ने और किशोरावस्था में कदम रखते ही उनके पराक्रमी पुत्र प्रताप सिंह ने लड़े। विलासी उदयसिंह ने स्वयं उनमें भाग नहीं लिया। यद्यपि किसी शासक के लिए स्वयं सैन्य संचालन करना अनिवार्य नहीं और न ही उसका सेनापति होना कोई आवश्यक शर्त है, तो भी इस नाते उदयसिंह को तत्कालीन राजपूती मान्यता के आधार पर कायर कहा गया।

2

प्रताप सिंह का बाल्यकाल

राणा उदयसिंह की 20 पत्नियों में जैलोर के राजवंश की जैवंताबाई ही उनकी पटरानी थीं। इसी जैवंताबाई से उनके ज्येष्ठ पुत्र प्रताप सिंह का जन्म 9 मई, 1549 को हुआ। अन्य रानियों से उदयसिंह की संतानों को लेकर उनके 17 पुत्र बताए जाते हैं। इनमें से प्रताप सिंह सबसे बड़े तो थे ही, उनकी माता जैवंताबाई पटरानी होने के अतिरिक्त सबसे कुलीन परिवार से भी थीं। इसका कारण यह था कि उदयसिंह विवाह के लिए स्त्री का रूप और यौवन देखते थे, कुल-शील या अन्य गुण नहीं। इस बारे में एक घटना उल्लेखनीय है। अलवर के शासक हाजी खाँ की एक रखैल थी—रंगराय पातर, जिसकी खूबसूरती के चर्चे दूर-दूर तक मशहूर थे। उदयसिंह को यह पता चला तो पातर को पाने के लिए बेचैन हो गए। उन्होंने कभी हाजी खाँ की मारवाड़ के राजा मालदेव के विरुद्ध सहायता की थी। इस उपकार के बदले उन्होंने हाजी खाँ से कहा कि रंगराय पातर उन्हें सौंप दे। हाजी खाँ ने बहाना बनाया कि पातर उसकी बेगम है, इसलिए यह संभव नहीं। उदयसिंह ने क्रोध में आकर अपने सामंतों की राय के विरुद्ध अलवर पर आक्रमण करने का आदेश दे दिया।

हाजी खाँ जानता था कि मालदेव और उदयसिंह में 36 का आँकड़ा है। इस बार उसने सहायता के लिए मालदेव से गुहार लगाई। मालदेव ने उसकी मदद के लिए एक सेना भेज दी। इसकी सूचना मिलने पर भी उदयसिंह ने आक्रमण करने का अपना इरादा नहीं बदला। फलस्वरूप उनकी सेना को शर्मनाक हार का सामना करना पड़ा। ऐसा परिणाम स्वाभाविक ही था। एक तो उदयसिंह की सेना की संख्या हाजी खाँ और मालदेव की सम्मिलित सेना से बहुत कम थी। दूसरा कारण जो कदाचित् उदयसिंह ने समझने की कोशिश नहीं की—वह था सैनिकों का मनोबल। अपने देश की रक्षा के लिए लड़ते हुए सिपाही युद्ध में अपनी सारी शक्ति लगा देता है, लेकिन किसी भी स्त्री को (प्रेमिका ही सही)अपने राजा के लिए छीनने के लिए लड़ने और अपने प्राण गँवाने का जोखिम वह किस हौसले से उठाएगा?

बहरहाल इतना बड़ा रनिवास होते हुए भी राणा उदयसिंह सुंदरियों की तलाश में रहते थे और राग-रंग में डूबे रहते थे। ऐसे विलासी उदयसिंह के यहाँ 9 मई, 1549 को पराक्रमी प्रताप सिंह का जन्म हुआ। वे उदयसिंह के सबसे बड़े पुत्र थे। राणा उदयसिंह की पटरानी जैवंताबाई उनकी माता थीं।

उदयसिंह का राज्यकाल उथल-पुथल से भरा था। उन्हें अपना सारा ध्यान राज्य को सुरक्षित करने, अपने शत्रुओं पर नियंत्रण रखने और सेना को सुदृढ़ करने में लगाना पड़ता था। इसी क्रम में उन्होंने पहाड़ियों से घिरे गिर्वा प्रदेश में, जो काफी सुरक्षित था, उदयपुर का निर्माण भी आरंभ किया था। उनका शेष समय विलासिता में बीतता, लेकिन वे परिवार की तरफ बिलकुल लापरवाह न थे। उन्होंने सभी राजकुमारों की शिक्षा-दीक्षा व शस्त्र प्रशिक्षण का उचित प्रबंध किया था, पर उनमें से कोई भी प्रताप जैसा योग्य सिद्ध न हुआ। इसका मुख्य कारण प्रताप की माता जैवंताबाई का अपने पुत्र के प्रति असीम प्रेम था। उन्होंने उसके

लालन-पोषण पर अपना सारा ध्यान केंद्रित किया। क्षत्रियों के वीरोचित गुण प्रताप को मानो घुट्टी में ही मिले थे।

प्रताप अभी किशोर ही थे कि उन्होंने बड़े उत्साह के साथ मेवाड़ के सैनिक अभियानों में भाग लेना आरंभ कर दिया। अब डूंगरपुर और बाँसवाड़ा जैसी छोटी रियासतों के मालिक, जो सदा मेवाड़ के अधीन रहे, स्वयं को स्वतंत्र समझने लगे, और सलूंबर, सराड़ा और चावँड जैसे परगनों ने भी कर देना बंद कर दिया तो राणा उदयसिंह ने अपने ज्येष्ठ पुत्र प्रताप को उनका दमन करने के लिए भेजा। मेवाड़ की शक्ति से परिचित होने पर भी डूंगरपुर का शासक आसकरण अपनी गढ़ी में बैठा चैन की बंसी बजा रहा था। कारण यह था कि उसके आसपास के पर्वतीय क्षेत्र में राठौरों ने छोटी-छोटी छप्पन जागीरें बना रखी थीं, जिनसे उसकी अच्छी साँठगाँठ थी। ये चौहान छप्पन जागीरों के कारण छप्पनिए कहलाते थे। इनमें घिरा डूंगरपुर खुद को सुरक्षित महसूस करता था।

प्रताप जो अभी युद्ध की दृष्टि से कम उम्र के ही थे, पिता का आदेश पाकर 2000 घुड़सवारों के साथ सैनिक अभियान पर बड़े उत्साह से निकल पड़े। उन्होंने छप्पनियों से उलझने के बजाय उनकी घेराबंदी का आदेश दिया और आगे बढ़ गए। चौहानों में से किसी ने चूँ-चपड़ भी न की। यह देखकर आसकरण के छक्के छूट गए। विजयी प्रताप जब लौटे तो स्वयं महाराणा ने उनका भव्य स्वागत किया। जैसा कि स्वाभाविक ही था, माता जैवंताबाई पुत्र की पहली सफलता पर फूली न समाईं। कहते हैं कि उन्होंने आत्मविभोर होकर पुत्र को गले से लगा लिया और अपने शरीर के सारे आभूषण उनके सिर से वार कर तत्काल दासियों में बाँट दिए। उनके बेटे प्रताप का यह उत्कर्ष देखकर सौतनों की छाती पर साँप लोट गया।

यह तो शुरुआत थी। इसके बाद तो प्रताप नियमित रूप से पिता के सैनिक अभियानों का नेतृत्व करते रहे, क्योंकि उदयसिंह स्वयं तो युद्ध

क्षेत्र में कम ही जाते थे, पर इनमें से अधिकांश छोटी लड़ाइयाँ ही थीं। किसी बड़े युद्ध की योजना और रणनीति का व्यावहारिक अनुभव उन्हें नहीं हुआ।

प्रताप को किशोरावस्था से ही शिकार खेलने का बहुत शौक था। वे बंधु- बाँधवों के साथ वन प्रदेश में आखेट के लिए जाते तो कई-कई दिन वहाँ व्यतीत कर देते। इस कारण उनका वनवासी भीलों के साथ बहुत अच्छा संपर्क हो गया। मेवाड़ के राजकुमार की विनम्रता और अपनेपन से वे बहुत प्रभावित थे, जो आगे चलकर प्रताप के प्रति उनकी अनन्य स्वामिभक्ति का कारण बना।

प्रताप की व्यक्तिगत वीरता के कारण वे मेवाड़ के सामंतों में ही नहीं, सैनिकों में भी बहुत लोकप्रिय हो गए। जो वीर सामंत उदयसिंह की कायरता और विलासिता से मन-ही-मन खिन्न थे, उनमें मेवाड़ के भावी महाराणा के गुणों को देख आशा का संचार होने लगा।

वीर योद्धा होने के साथ-साथ प्रताप अत्यंत विनम्र और संवेदनशील भी थे। बड़े तो क्या अदना-से-अदना व्यक्ति से भी वे विनम्रता का व्यवहार करते थे। कहा जाता है कि जब अकबर ने चित्तौड़ विजय के बाद 30 असहाय नागरिकों का कत्लेआम किया तो प्रताप इस समाचार से अत्यंत शोकमग्न हो गए थे। उन्होंने चित्तौड़ में प्राण गँवानेवाले सभी सेनानियों व नागरिकों की आत्मा की शांति के लिए विशेष प्रार्थना और पूजा-अर्चना का आयोजन करवाया। अकबर के प्रति प्रताप के मन में कटुता का बीज कदाचित् इसी दिन से पड़ गया था।

□

3

प्रताप का राजतिलक

अत्यंत विलासिता में लीन रहनेवाले राणा उदयसिंह का शरीर दिन प्रतिदिन जीर्ण हो रहा था। 1570 ई. में जब वे कुंभलमेर आए, तब भी उनका स्वास्थ्य ठीक न था। मेवाड़ की सुरक्षा के प्रति सदा चिंतित रहनेवाले उदयसिंह ने वहाँ नए सैनिकों की भरती की। वहाँ से वे गोगूंदा आए। राज्याभिषेक से लेकर अब तक का उनका सारा जीवन संघर्ष में ही बीता था। मेवाड़ राज्य को स्थिर रखने के लिए वे निरंतर प्रयत्नशील रहे, पर परिस्थितियाँ ऐसी थीं कि वह लगातार सिकुड़ रहा था। राणा उदयसिंह और मेवाड़ को सबसे बड़ा आघात चित्तौड़ दुर्ग छिन जाने से लगा था, पर उन्होंने अपने जीवनकाल में चित्तौड़ को पुनः जीतने के लिए न कोई प्रयास किया और न योजना बनाई। वास्तविकता के धरातल पर जीनेवाले उदयसिंह अच्छी तरह समझते थे कि विशाल मुगल साम्राज्य से टक्कर लेना उसकी तुलना में पासंग भर मेवाड़ के लिए आत्महत्या ही होगा। यह पराजय उनको आजीवन सताती रही।

उदयसिंह खून का घूँट पीकर रह गए। इस भयंकर आघात का प्रभाव भी उनके स्वास्थ्य पर पड़ रहा था। लगभग पाँच महीने उनके गोगूंदा में ही व्यतीत हुए, जहाँ उनका स्वास्थ्य अचानक और बिगड़

गया। उन दिनों उनकी सबसे प्रिय रानी धीरजबाई भटियाणी उनकी सेवा में रहती थी। पति की सेवा करने के बजाय अंतिम समय में खुशामद करके अपने पुत्र जगमाल को युवराज बनाना उसका मुख्य उद्‌देश्य था। कहते हैं कि भटियाणी रानी के रूप-यौवन पर अत्यंत आसक्त उदयसिंह ने वंश-परंपरा की अवहेलना करते हुए अंतिम समय में जगमाल को युवराज घोषित कर दिया, जबकि उनका ज्येष्ठ पुत्र प्रताप इसका अधिकारी था।

इस विषय में एक मत यह भी है कि वास्तव में उदयसिंह ने ऐसी कोई घोषणा नहीं की थी। राजमहलों में तरह-तरह के षड्यंत्र चलते ही रहते हैं। रानी भटियाणी और उसके चहेतों ने एक षड्यंत्र के तहत जगमाल को उदयसिंह का उत्तराधिकारी बना दिया। अपने अंतिम दिनों में जब राणा उदयसिंह लगभग अचेत से रहते थे और सारा राजकार्य सामंतों की देख-रेख में चल रहा था, रानी भटियाणी ने राज-काज के कुछ कागजों के साथ उत्तराधिकार के पत्र पर भी धोखे से महाराणा की मुहर लगवा ली और उनके स्वर्गवास के बाद घोषित कर दिया कि जगमाल को उदयसिंह अपना उत्तराधिकारी बना गए हैं। इसके लिए जगमाल ने और रानी भटियाणी ने मेवाड़ के कुछ सामंतों को भी अपने पक्ष में कर लिया था।

यह बात अधिक तर्कसंगत लगती है कि उदयसिंह भले ही भटियाणी पर आसक्त रहे हों, किसी जर्जर शरीरवाले रोगग्रस्त व्यक्ति के विरोध में यह कहना कि उसने इतना बड़ा निर्णय सुंदरता पर मुग्ध होकर ले लिया, उचित प्रतीत नहीं होता। उदयसिंह आजीवन मेवाड़ की सुरक्षा के प्रति अत्यंत चिंतित व सचेत रहे। वे भली-भाँति जानते थे कि उनके बाद उनका ज्येष्ठ पुत्र प्रताप ही इस योग्य है कि राज्य की रक्षा कर सके। ऐसे में उसे युवराज पद से हटाना युक्तिसंगत नहीं लगता। यदि उदयसिंह ने ऐसा कोई निर्णय अपने होशो-हवास में लिया होता तो वे इसकी चर्चा

अपने मुख्य सामंतों से अवश्य करते। मेवाड़ की परंपरा के अनुसार, बिना उनके परामर्श और सहमति के वे ऐसा कर ही नहीं सकते थे। अत: छल-कपटवाली बात ही सत्य प्रतीत होती है।

28 फरवरी, 1572 को उदयसिंह के सीने में दर्द हुआ और उसी दिन उन्होंने प्राण त्याग दिए। पिता की मृत्यु से शोकाकुल प्रताप इतना भी भूल गए कि मेवाड़ राजवंश की परंपरा के अनुसार युवराज महाराणा के दाह-संस्कार में नहीं जाता। वह महल की ड्योढ़ी से ही उसे अंतिम विदाई देता है और उसी दिन उसका राज्याभिषेक किया जाता है। यह परंपरा महाराणा का पद एक दिन भी रिक्त न रखने के विचार से बनी थी और अब तक इसका पालन होता आया था, पर प्रताप को सिंहासन पर बैठने की उतावली न थी। ज्येष्ठ पुत्र होने के नाते वे पिता को मुखाग्नि देना अपना कर्तव्य समझते थे, जबकि परंपरानुसार यह काम उनके अनुज का था। राजमहल में जो षड्यंत्र हुआ था, उससे वे अनभिज्ञ थे। उन्हें कदाचित् इसकी आशंका भी नहीं थी।

उधर उदयसिंह का अंतिम संस्कार करने के बाद उनकी आत्मा की शांति के लिए प्रार्थना की जा रही थी और इधर जगमाल के राज्याभिषेक की तैयारियाँ हो रही थीं। मेवाड़ की परंपरा के अनुसार राज्य का शासक महाराणा होता था और व्यवस्था के प्रमुख चूड़ा। उत्तराधिकारी कौन होगा—उसका निर्णय भी चूड़ा कृष्णदास की सहमति के बिना नहीं किया जा सकता था। और चूड़ा कृष्णदास एवं महाराज उदयसिंह के बीच इस बारे में कोई चर्चा नहीं हुई। यदि महाराणा उदयसिंह जगमाल को अपना उत्तराधिकारी बनाते तो चूड़ा कृष्णदास से अवश्य चर्चा हुई होती। अत: इस मामले में रनिवास में अवश्य ही कोई षड्यंत्र रचा गया था। स्पष्ट था कि उदयसिंह ने किसी परंपरा का उल्लंघन नहीं किया था, उनसे तो छल-कपट से उत्तराधिकार के कागज पर मुहर लगवा ली गई थी।

एक मत यह है कि प्रताप को इसका पता चल गया था, पर उन्होंने

ऐसा मानकर कि पिता ने रानी भटियाणी के प्रेम में आसक्त होकर जगमाल को युवराज बना दिया है, चुप रहे। उनके श्मशान में आने का कारण भी यही था। मेवाड़ की ऐसी डाँवाँडोल अवस्था में वे घर में क्लेश और झगड़ा नहीं फैलाना चाहते थे।

महाराज कुँवर प्रताप का श्मशान में आना और जगमाल का अनुपस्थित होना स्वभावतः घोर शंका का कारण था। शंका ही तो थी, क्योंकि षड्यंत्र की जानकारी किसी को न थी। जगमाल को वहाँ न देखकर ग्वालियर के राजा मानसिंह ने उसके छोटे भाई से प्रश्न किया, "कुँवर जगमाल क्यों नहीं आए?"

"क्या आप नहीं जानते कि स्वर्गीय महाराणा ने उन्हें अपना उत्तराधिकारी बनाया है?" जगमाल के अनुज ने कहा तो वहाँ खड़े सभी सामंत सकते में आ गए। सब प्रकार से योग्य मेवाड़ की रक्षा में सक्षम और राज्य के वास्तविक उत्तराधिकारी के स्थान पर इस अयोग्य जगमाल को उत्तराधिकार? मेवाड़ का भविष्य क्या ऐसे हाथों में दिया जाएगा? मानसिंह सोनगरा प्रताप के मामा थे। उनकी त्यौरियाँ चढ़ गईं, "चूड़ा कृष्णदासजी, इस अन्याय को क्या आपका भी समर्थन प्राप्त है?"

"समर्थन तो दूर की बात है, मुझे इसकी भनक तक नहीं है। शायद यह महाराणा उदयसिंह के रनिवास की कोई साजिश है।"

सुबह उदयसिंह के निधन का शोक था तो शाम को नए महाराणा के राज्याभिषेक का आयोजन। मेवाड़ की यही परंपरा थी। जगमाल अपने भाइयों और कुछ समर्थकों की सहायता से राजसिंहासन पर बैठा था। सामने परंपरा के अनुसार उसके भाई बैठे थे। राजतिलक प्रमुख सामंतों, विशेष रूप से चूड़ाजी की उपस्थिति में होता था। उसके बाद सभी प्रमुख सामंत महाराणा को अपनी-अपनी भेंट देकर उनके प्रति सम्मान व वफादारी का प्रदर्शन करते थे। इसकी शुरुआत भी चूड़ा

कृष्णदास को ही करनी थी। अत: उनकी प्रतीक्षा हो रही थी।

चूड़ा कृष्णदास मानसिंह सोनगरा और अन्य प्रमुख सामंतों के साथ सारी स्थिति पर विचार-विमर्श करने के बाद क्या करना है— इसका मन बनाकर दरबार की तरफ चल दिए। किसी भी अप्रिय स्थिति से निबटने की उन्होंने सारी व्यवस्था कर ली थी।

सालूंबर राव कृष्णदास ने अन्य सामंतों के साथ दरबार कक्ष में प्रवेश किया। प्रताप उनके साथ थे, किंतु वे संकोचवश ड्योढ़ी पर ही रुक गए। देवगढ़ के रावत साँगा और कृष्णदास सिंहासन पर बैठे जगमाल की तरफ बढ़े तो सामंतों से भरे सभागार में सन्नाटा छा गया। क्या चूड़ा कृष्णदास और साँगाजी जगमाल को भेंट देकर उसे महाराणा स्वीकार करनेवाले हैं? सबके चेहरों पर यही सवाल था, पर अगले ही क्षण जो हुआ उसने उनके सवाल का जवाब दे दिया।

एक तरफ से राव कृष्णदास ने और दूसरी तरफ से रावत साँगा ने जगमाल का हाथ पकड़ा।

"कुँवरजी, आप इस सिंहासन पर कैसे बैठे हैं, आपका स्थान तो इसके सामने है।" उसे उठाते हुए कृष्णदास बोले।

"किंतु मेरे पिता महाराणा उदयसिंह ने तो⋯।" बात जगमाल के गले में अटक गई। उसकी सिट्टी-पिट्टी गुम हो गई थी। उसके पास अपनी शक्ति के नाम पर तो धोखे से मुहर लगवाया आदेश-पत्र मात्र था। वह जानता था कि विरोध करने पर उसके और उसके थोड़े से समर्थकों के लिए परिणाम भयानक हो सकता है। वह चुपचाप अपने आसन से उठकर खड़ा हो गया।

"आइए, प्रतापजी!" कृष्णदास ने सिंहासन की ओर संकेत करते हुए द्वार पर ठिठके प्रताप को पुकारा।

प्रताप आकर सिंहासन पर बैठे तो उन्होंने स्नेह से कहा, "बैठो जगमाल।"

उसके साथ ही उन्होंने अपने सामनेवाले आसन की ओर संकेत किया, जो उसके लिए उपयुक्त और सम्मानप्रद स्थान था।

उत्तर में जगमाल चुपचाप दरबार से बाहर चला गया। उसने कल्पना भी न की थी कि महाराणा बनने का उसका सपना इतनी आसानी से चकनाचूर हो जाएगा।

जगमाल ने आशा की थी कि उसके साथ ही उसके भाई और दूसरे समर्थक भी प्रताप के राजतिलक का बहिष्कार करते हुए बाहर आ जाएँगे, पर किसी में इतना साहस न था कि कोई खुलेआम विरोध करता। बाहर आनेवालों में अकेला जगमाल ही था। प्रताप का विधिवत राजतिलक हुआ। चूड़ा कृष्णदास ने बड़े सम्मान के साथ नए महाराणा का अभिवादन किया और अपनी ओर से भेंट दी। इसके बाद अन्य सामंतों ने परंपरानुसार अपनी भेंट दी और महाराणा को झुककर प्रणाम किया।

"भगवान् एकलिंग की जय।"

"महाराणा प्रताप की जय।"

दरबार जयघोष से गूँज उठा। मेवाड़ को उसका नया अधिपति मिल गया था— योग्य, गुणशील, पराक्रमी।

□

4

काँटों का ताज

महाराणा बनने पर प्रताप को स्वर्णमुकुट क्या, यह कहें कि काँटों का ताज ही मिला तो अधिक उपयुक्त होगा। उन्हें विरासत में जो मेवाड़ मिला, वह अत्यंत विपन्न स्थिति में था। चित्तौड़ और मांडलगढ़ तो राजपूतों के हाथ से निकल ही चुके थे, चित्तौड़ और अजमेर के बीच का सारा मैदानी इलाका भी मुगलों के कब्जे में था। इसके अलावा जहाजपुर का पहाड़ी इलाका भी मुगलों ने जीत लिया था। राणा उदयसिंह उनकी विशाल शक्ति के सामने विवश से हो गए थे। अकबर की साम्राज्यवादी महत्त्वाकांक्षा सारा मेवाड़ अपने अधीन करने की थी, जिसका खतरा हर समय मेवाड़ के सिर पर मँडरा रहा था।

महाराणा साँगा के समय जिस मेवाड़ की सीमा आगरा तक थी और जो हर तरह से समृद्ध था, वह अब सिकुड़कर बहुत छोटा हो गया था। उसकी सीमा अब कुंभलगढ़ के सलूंबर तक और गोरवाड़ से देबादी तक थी। मैदानी भाग पर शत्रु का अधिकार होने से बड़ी संख्या में नागरिकों ने भागकर पर्वतीय प्रदेश में शरण ली थी, जहाँ उन्हें नए सिरे से आजीविका के साधन खोजने थे। राणा उदयसिंह के सारे राज्यकाल में मेवाड़ ने भारी उथल-पुथल और निरंतर सैनिक संघर्ष देखे थे। इससे

राज्य छिन्न-भिन्न हो गया था और अर्थव्यवस्था पूरी तरह चरमरा गई थी। प्रताप के सामने मेवाड़ की सुरक्षा का प्रबंध करने के अतिरिक्त टूटे-फूटे राज्य को जोड़ने, सँभालने और प्रजा की दयनीय दशा को यथासंभव सुधारने की चुनौतियाँ थीं।

दरअसल राजपूतों की शक्ति को सबसे बड़ा आघात तो खानवा की लड़ाई में राणा साँगा की बाबर से हार के कारण ही लगा था। साँगा ने अपने शौर्य और व्यवहार-कुशलता के बल पर राजपूत रियासतों का जो शक्तिशाली संगठन बनाया था, खानवा की पराजय ने उसे बिखेरकर रख दिया था। हुमायूँ और फिर शेरशाह सूरी के काल में राजपूतों ने सँभलने की कुछ कोशिश जरूर की, पर अकबर के सिंहासन पर बैठने के बाद स्थिति और भी विकट हो गई। मुगलों की विशाल सेना और साम्राज्य से भी ज्यादा खतरनाक थी अकबर की भेद-नीति। राजपूतों के हौसले पस्त हो चुके थे। ऐसे में अकबर ने बड़ी होशियारी से कई राजपूत घरानों को प्रलोभन देकर अपने साथ मिला लिया। इनमें से कुछ तो मानो ऐसे निमंत्रण की प्रतीक्षा में ही थे। इनमें सबसे पहला और महत्त्वपूर्ण था आमेर घराना, जिसके राजा भगवानदास ने न केवल अकबर की अधीनता स्वीकार कर ली, बल्कि अपनी बहन जोधाबाई का विवाह भी उससे कर दिया। इसके साथ ही भगवानदास ने अपने पुत्र मानसिंह को अकबर की सेवा में भेज दिया। वह अभिमानी, किंतु वीर योद्धा था। मुगलों की अपरिचित शक्ति का संबल पाकर उसका उत्साह और भी बढ़ गया और वह मुगलों का परचम लहराता हुआ विजय-यात्रा पर निकल पड़ा। आमेर की देखा-देखी और भी कई राजपूत घरानों ने अकबर की अधीनता स्वीकार कर ली और अपनी बहनों या बेटियों की शादी मुगल सामंतों से कर दी। मानसिंह ने इन राजपूत सरदारों को अपने साथ मिलाकर एक सशक्त संगठन बना लिया। व्यवहार-कुशल अकबर मानसिंह की हर सैनिक सफलता पर उसे पुरस्कार में जागीरें और उपाधियाँ देता था। देखते-ही-देखते कुँवर मानसिंह राजा मानसिंह बन गया।

मेवाड़ के आसपास की बाँसवाड़ा, डूंगरपुर जैसी छोटी रियासतों ने भी देखा-देखी यही किया। कभी राणा उदयसिंह के दरबार में हाजिरी देनेवाले राजा दौड़कर अकबर की शरण में चले गए, जिससे मेवाड़ के गिर्द मुगलों का शिकंजा और कस गया। स्वयं राणा का अपना भाई जगमाल भी, जो उनके राज्याभिषेक के बाद ईर्ष्या की आग में जल रहा था, अजमेर के मुगल सूबेदार की शरण में चला गया। षड्यंत्र के बावजूद प्रताप का उसके प्रति बहुत स्नेहपूर्ण व्यवहार था। सूबेदार जानता था कि शहंशाह अकबर राजपूतों को अपनी तरफ मिलाने के लिए सदा इच्छुक रहते हैं। उसने पूरे उत्साह के साथ जगमाल का स्वागत किया और अतिथि-सत्कार में कोई कसर नहीं छोड़ी।

अवसर मिलने पर जगमाल की इच्छानुसार सूबेदार ने उसे अकबर के दरबार में पेश किया। बादशाह ने खिलअत और जहाजपुर की जागीर देकर उसका सम्मान किया और मुगल साम्राज्य की छत्रछाया में पूर्ण सुरक्षा प्रदान करने का आश्वासन दिया। जगमाल यह उम्मीद लेकर अकबर की शरण में आया था कि देर-सबेर मेवाड़ पर मुगलों का शासन हो ही जाएगा। आखिर मेवाड़ इतनी बड़ी शक्ति के सामने अपने सीमित साधनों के साथ कब तक टिकेगा? उस दिन उसे अपने अपमान का बदला तो मिल ही जाएगा, अकबर प्रताप के स्थान पर उसे मेवाड़ का राजा भी बना देगा।

एक बार पहले जगमाल ने छल-कपट के जरिए मेवाड़ का राणा बनने का सपना देखा था, जो पल भर में चकनाचूर हो गया था। अब उसका यह दूसरा सपना भी उसके मरने तक सपना ही रहा। महत्त्वाकांक्षी पर अयोग्य जगमाल अकबर की कूटनीतिक चालों का शिकार होकर एक लड़ाई में कट मरा। हुआ यह कि अकबर की नीति राजपूतों को आपस में लड़ाने की थी। इसके तहत उसने 1583 ई. में जगमाल को मुगल दरबार के प्रति वफादारी से खुश होकर सिरोही राज्य का आधा हिस्सा पुरस्कार में दे दिया। सिरोही पर उन दिनों स्वयं जगमाल के ससुर राव मानसिंह का शासन था।

जगमाल की राज्य-लिप्सा ने पहले अपने बड़े भाई प्रताप सिंह का न्यायपूर्ण अधिकार छीनने की कोशिश की थी, तो इस बार अपने पितातुल्य ससुर का आधा राज्य मुगलों की सहायता से हड़पने को बेचैन हो गया। शहंशाह से पुरस्कार में मिला राज्य का आधा भाग पाने के लिए उसने सिरोही पर हमला कर दिया। आक्रमण का सामना करने के लिए राव मानसिंह का पुत्र सुरत्राण सेना लेकर आगे बढ़ा। सुरत्राण अपने राज्य की रक्षा के लिए बड़ी वीरता से लड़ा और युद्ध में जगमाल उसके हाथों मारा गया।

परंपरा के अधीन ही सही, राणा प्रताप का राज्याभिषेक पिता उदयसिंह की मृत्यु के शोकसंतप्त वातावरण की छाया में और धूर्त जगमाल को हटाकर सिंहासनासीन होने की अस्त-व्यस्तता में हुआ था। अतः यह तय किया गया कि कुंभलगढ़ में उनका राजतिलक दोबारा पूरे राजकीय वैभव के साथ किया जाए। लिहाजा पूरी तैयारियों के साथ महाराणा प्रताप का राज्याभिषेक उल्लासपूर्ण वातावरण में हुआ और परंपरानुसार उसके बाद शिकार खेलने का आयोजन भी किया गया। इसे 'अहेरिया उत्सव' कहा जाता था।

आखेट के लिए उनके दो भाई समरसिंह और शक्तिसिंह भी प्रताप के साथ थे। उनके कुल पुरोहित भी इन तीनों के पीछे-पीछे चल रहे थे। आखेट का उत्साह अपने चरम पर था। प्रताप और शक्तिसिंह दोनों ही एक बनैले सूअर का पीछा कर रहे थे। दोनों के भाले लगभग एक ही समय में सूअर को लगे और वह चारों खाने चित हो गया। अब दोनों भाइयों में विवाद हो गया कि शिकार किसका है। बात बहुत बड़ी नहीं थी, लेकिन बड़ी बात यह थी कि प्रताप के महाराणा बनने और उनका मान-सम्मान देखकर शक्तिसिंह ईर्ष्या से जल-भुन गया था। वह अपने क्रोध पर काबू न रख सका और उसके अंदर का विष आक्रोश भरे शब्दों में प्रकट होने लगा। प्रताप भी आपा खो बैठे तो दोनों ने तलवारें खींच लीं, तब तक कुल पुरोहितजी भी पास आ गए थे। उन्होंने बीच-बचाव करने का भरसक प्रयास किया, पर दोनों भाइयों ने उनकी एक न सुनी। कोई विकल्प न देख वृद्ध

पुरोहित ने उन दोनों के बीच आकर एक विशाल छुरा अपने सीने में घोंपकर प्राण दे दिए। यह देखकर दोनों भाई शर्म से पानी-पानी हो गए। उधर संध्याकाल भी निकट था। राणा प्रताप ने राजपुरोहित के अंतिम संस्कार का समुचित प्रबंध किया और उनके परिवार को भरण-पोषण के लिए पर्याप्त धन मिला। इसके साथ ही उन्होंने ब्राह्मण की हत्या के लिए उत्तरदायी करार देकर शक्तिसिंह को देश-निकाले का दंड भी दे दिया।

कुछ इतिहासकारों ने टिप्पणी की है कि कुल पुरोहित की आत्महत्या के लिए प्रताप भी उतने ही जिम्मेदार थे, जितना शक्तिसिंह, फिर उसे इस प्रकार दंड देने का क्या औचित्य था? लेकिन जैसा कि हम पहले संकेत कर चुके हैं, यह एक घटना मात्र थी, जिसके इतना विस्फोटक रूप लेने के पीछे राणा के प्रति शक्तिसिंह की ईर्ष्या थी। महाराणा प्रताप अपने पिता उदयसिंह की तरह ही अपने परिवार में और आसपास होनेवाली सभी गतिविधियों की जानकारी रखते थे। उन्हें शक्तिसिंह के मन में पनप रही घोर ईर्ष्या और असंतोष का पता था। यह अवसर मिलने पर उन्होंने सोचा कि इससे पहले कि शक्तिसिंह ईर्ष्यावश कोई बड़ा षड्यंत्र रचे, उसे अपने से दूर कर देने में ही भलाई है।

शक्तिसिंह कहाँ जाता? उसे भी वही मार्ग दिखाई दिया, जहाँ उसका दूसरा भाई जगमाल गया था। उसने दिल्ली की राह पकड़ी। अकबर तो महाराणा प्रताप से रूठे हर राजपूत का स्वागत करने को तैयार बैठा था। फिर यह तो उनका भाई था। न जाने कितनी महत्त्वपूर्ण सूचनाएँ और गुप्त जानकारियाँ इसके पास होंगी। उसने शक्तिसिंह का आदर-सत्कार किया और अपने यहाँ शरण दे दी।

□

5

संधि प्रस्ताव

अकबर के राज्यकाल तक मुगल साम्राज्य दूर-दूर तक फैल चुका था। ऐसे में छोटे से मेवाड़ का अधीनता स्वीकार न करना उसे बुरी तरह अखर रहा था। प्रताप इस बात को अच्छी तरह जानते थे और यह भी कि मेवाड़ कभी मुगलों की अधीनता स्वीकार नहीं करेगा, भले ही स्वाधीनता की कुछ भी कीमत चुकानी पड़े। यानी उनके साथ भावी परिणाम आईने की तरह साफ था। देर-सबेर मुगलों से युद्ध की स्थिति आने पर क्या मेवाड़ अपनी वर्तमान स्थिति में मुगलों से टक्कर लेने लायक था? बिलकुल नहीं।

अतः महाराणा प्रताप की पहली वरीयता अपनी स्वतंत्रता की रक्षा करने की थी। इसके लिए एक सुगठित, प्रशिक्षित सेना की आवश्यकता थी। सेना के पुनर्गठन और सशक्तीकरण के लिए संसाधनों की आवश्यकता थी, जो इस विपन्नावस्था में मेवाड़ के पास खत्म ही थे। राज्य का अधिकांश उर्वर व मैदानी भाग मुगलों के आधिपत्य में था। आए दिन के आक्रमणों और सैनिक झड़पों के चलते नागरिक अपने घर-द्वार से उजड़ चुके थे। उनमें से बहुत से पर्वतीय क्षेत्र की सुरक्षा में शरण लेकर किसी तरह जीवनयापन के लिए हाथ-पैर मार रहे थे। ऐसी स्थिति में भी

उन्होंने यथासंभव सेना को सुगठित करने का प्रयास किया। नई भरती की गई, उन्हें अस्त्र-शस्त्र और प्रशिक्षण दिया गया। अपने सीमित साधनों में इस कार्य को सफल बनाने के लिए प्रताप ने संसाधनों की अपेक्षा नैतिक बल का सहारा अधिक लिया। मेवाड़ के बारे में यथा राजा तथा प्रजावाली बात चरितार्थ हुई। उदयसिंह ने भले ही मेवाड़ की सुरक्षा के लिए प्रयास किए हों, लेकिन देशरक्षा के लिए पराक्रम या बलिदान की भावना का प्रदर्शन कभी नहीं किया। अतः प्रजाजनों में भी निराशा का वातावरण व्याप्त हो गया। जबकि ऐतिहासिक परंपरा बताती है कि उन्होंने न केवल सामान्य जन में अपने देश की रक्षा के लिए जन-जन का आह्वान किया, बल्कि स्वयं भी मेवाड़ के पूर्णतः स्वतंत्र न होने तक हर प्रकार के राजसी सुख-भोग से दूर रहने की प्रतिज्ञा कर ली। उन्होंने सोने-चाँदी के पात्रों में राजसी व्यंजनों का आनंद न लेने और मखमली सेज पर न सोने तक की प्रतिज्ञा कर ली। कहा जाता है कि राणा की इस प्रतिज्ञा की डोंडी पिटवाकर सारी जनता को सूचना दी गई, जिसका बड़ा प्रभाव पड़ा। उन्होंने स्वयं भी जगह-जगह जाकर जन-जागरण अभियान चलाया। नए महाराणा की वीरता, स्वतंत्रता के प्रति उनकी अटूट लगन और विनम्रता के चर्चे तो उनके युवराज होने के समय से ही घर-घर में हो रहे थे। उनके राजसी सुखों के त्याग की घोषणा ने इसे और बल दिया।

मेवाड़ के एक बड़े पर्वतीय वन प्रदेश में भील बसते हैं। इनकी अपनी युद्धकला है। ये धनुष-बाण के प्रयोग में अत्यंत प्रवीण और अचूक निशानेबाज होते हैं। पहाड़ों और जंगलों के बीहड़ रास्तों की जानकारी तथा उनके प्रयोग में तो स्वभावतः इनकी कोई बराबरी नहीं कर सकता। किशोरावस्था से ही राणा प्रताप की कई भील सरदारों से बहुत घनिष्ठता रही। वे मेवाड़ के महाराजकुँवर के सहज स्नेह और विनम्रता से अभिभूत थे। महाराणा ने मेवाड़ की रक्षा के लिए इनका

सहयोग चाहा तो एक-एक भील मातृभूमि की रक्षा के लिए प्राण न्योछावर करने को तत्पर हो गया।

काफी कुछ हुआ, पर यह अब भी नाकाफी था, क्योंकि विशाल मुगल साम्राज्य और छोटा सा मेवाड़। ऐसे शक्ति-असंतुलन में अपनी स्वाधीनता की रक्षा करना एक कड़ी चुनौती थी। प्रताप ने मेवाड़ के हितैषी और राजपूती आन की रक्षा का संकल्प लेनेवाले सभी राव-राजाओं के साथ अपने संबंध और घनिष्ठ बनाने तथा उन्हें भी आने वाले संकट के प्रति सचेत करने के प्रयास भी तेज कर दिए। कुंभलगढ़ में दोबारा अपना राज्याभिषेक कराने के पीछे उनका मुख्य उद्देश्य यही थी। इस बहाने उन्होंने बूँदी, डूँगरपुर, बाँसवाड़ा, रणथंभौर के चौहानों, ईडर और सिरोही के देवड़ा तथा कुछ अन्य राव व रावलों से घनिष्ठ मित्रता के संबंध बनाए। प्रताप के मामा जोधपुर के राव चंद्रसेन तो उनके अपने थे ही। एक तो पारिवारिक रिश्तेदारी, दूसरे विचारों में साम्यता। राव चंद्रसेन और प्रताप की घनिष्ठता स्वाभाविक ही थी। चंद्रसेन भी किसी कीमत पर मुगलों की पराधीनता स्वीकार करने को तैयार न थे, भले ही उसके लिए कितना ही बड़ा त्याग क्यों न करना पड़े।

अकबर मेवाड़ को अपने अधीन करने के लिए व्याकुल हो रहा था। उसने उसे प्रतिष्ठा का प्रश्न बना लिया था। छोटा सा मेवाड़ इतने बड़े मुगल साम्राज्य के सामने न झुके—यह उसे सहन नहीं हो रहा था। उसने उम्मीद की थी कि शायद हमले के खतरे को टालने के लिए राणा प्रताप खुद उसके पास संधि-प्रस्ताव भेजेगा। शायद उसे समझने में समय लगा कि उदयसिंह और प्रताप में कितना फर्क है। उसके सामने दो विकल्प थे— सीधे मेवाड़ पर चढ़ाई करके उस पर अधिकार करना या फिर राणा से संधि करके उसे अपने अधीन करना।

अकबर सीधे प्रताप से टकराना नहीं चाहता था। चित्तौड़ विजय

का कड़वा स्वाद वह भूला न था। हालाँकि उसकी विजय हुई थी, पर यह जीत उसे इतनी महँगी पड़ेगी, इसकी उसने कभी कल्पना तक न की होगी। और फिर जीतने के बाद उसे मिला था एक खाली दुर्ग, चिता की राख और 30 हजार निरीह नागरिक, जिनका नरसंहार करके उसने अपनी खीज मिटाई थी।

दूरदर्शी और कूटनीतिज्ञ अकबर को यह भी मालूम था कि मेवाड़ घराने के लिए राजपूतों के मन में बहुत आदर-मान है। स्वयं मुगलों के अधीन बहुत से राजपूत भी राणा प्रताप का आदर करते हैं। मुगलों की विशाल शक्ति का सामना करने का साहस न जुटाने के कारण वे अकबर के अधीन तो हो गए थे, लेकिन स्वतंत्रता और निर्भय रहने के लिए प्रतिज्ञाबद्ध प्रताप का वे हृदय से सम्मान करते थे। मेवाड़ पर चढ़ाई करके वह इनमें असंतोष की भावना नहीं फैलाना चाहता था, इसलिए प्रताप की ओर से कोई प्रस्ताव न आने पर उसने अपनी तरफ से संधि-प्रस्ताव भेजने का निर्णय किया।

महाराणा प्रताप के सामने भी दो विकल्प थे— या तो वे अन्य राजपूतों की तरह अकबर से संधि करके इस अधीनता के बदले अपने और अपनी प्रजा के लिए सुख-चैन खरीद लेते या स्वतंत्र रहकर संघर्ष का कंटकाकीर्ण मार्ग अपनाते। अकेले महाराणा तो ऐसा निर्णय ले नहीं सकते थे। आखिर बिना सामंतों और प्रजाजनों के सक्रिय सहयोग के यह कैसे संभव था? अत: उन्होंने अपने सभी सामंत-सरदारों, मेवाड़ के सहयोगी राव-रावलों और प्रजाजनों का मन टटोला। परामर्श एक ही था, "पराधीनता स्वीकार करने के बजाय मातृभूमि की रक्षा में प्राण न्योछावर करना श्रेयस्कर समझेंगे।" उनके सैनिकों ने ही नहीं प्रजा के हर साधारण जन ने भी यही भाव व्यक्त किए। भील तो अधीनता को कभी स्वीकार नहीं करते थे। अपने महाराणा के लिए सर्वस्व अर्पण करने को वे सदा तत्पर रहते थे। यह महाराणा प्रताप के व्यक्तित्व का

करिश्मा तो था ही, मेवाड़ की परंपरा भी थी। त्याग, बलिदान आत्मोत्सर्ग की भावना रक्त बनकर प्रत्येक मेवाड़वासी की रगों में प्रवाहित हो रही थी। इसने प्रताप का उत्साह दोगुना कर दिया। निर्णय हो गया। अब केवल उसके अनुरूप यथासंभव तैयारी करने की आवश्यकता थी।

अकबर ने महाराणा के सिंहासनारूढ़ होने के लगभग छह महीने बाद ही सितंबर, 1572 में उनके सामने संधि-प्रस्ताव रखने के लिए अपने मिठबोले और घाघ दरबारी जलाल खाँ कोरची को मेवाड़ भेजा। उसके साथ राजदरबारों की रीति-नीति में दक्ष कुछ अन्य दरबारी भी थे। महाराणा ने कोरची और उसके साथियों का उचित आदर-सत्कार किया और शाही अतिथिशाला में उनके लिए अनेक सुविधाओं की व्यवस्था कर दी। कोरची ने अपने शब्दों की चाशनी में डुबोकर प्रताप को मुगलों की अधीनता का कड़वा पेय पिलाने की पूरी कोशिश की। उसने अत्यंत विनम्रता के साथ आदरणीय महाराणा को सम्राट् अकबर महान् के साथ संधि करने के लाभ और संधि न करने से उनको और उनकी प्रजा को होनेवाले संभावित कष्टों के बारे में समझाया।

समय-समय पर प्रताप के साथ बैठे प्रमुख सामंतों और कोरची के साथ आए उसके सहयोगियों में वार्त्ता के दौर चलते रहे। महाराणा उनकी हर बात को बड़े ध्यान से सुनते थे, पर कोई ठोस प्रतिक्रिया कभी भी व्यक्त नहीं करते थे। कोरची ने अपने प्रयास जारी रखे। वह सकारात्मक या नकारात्मक कोई-न-कोई जवाब चाहता था। लगभग दो महीने बीत जाने पर उसने निश्चित उत्तर के लिए प्रताप से बहुत आग्रह किया तो वे बोले, ''खाँ साहब, मेवाड़ के शासक तो भगवान् एकलिंग हैं। मैं तो उनका दीवान हूँ। जब तक मुझे उनकी तरफ से कोई निश्चित उत्तर नहीं मिल जाता, मैं आपको क्या जवाब दूँ?''

कोरची को कुछ समझ में नहीं आया। यह कोई राजपूती पहेली थी, जो उसने आज तक नहीं सुनी थी। समझ में आया तो सिर्फ इतना

णा प्रताप

कि राणा कभी जवाब न देंगे। निराश होकर उसने अगले दिन अपना बोरिया-बिस्तर समेटा और दिल्ली की राह ली।

कोरची की असफलता से अकबर निराश नहीं हुआ। उसे लगा कि संधि-वार्त्ता के लिए किसी राजपूत को भेजना चाहिए था। कुछ सोच-विचार करने के बाद उसने कुँवर मानसिंह को इस काम के लिए चुना।

1573 ई. में मानसिंह ने एक बड़ी सेना लेकर शोलापुर पर आक्रमण किया और उसे जीत लिया। इसके बाद उसने अंगरक्षकों की एक छोटी टुकड़ी अपने पास रखकर शेष सेना को अकबर के पास लौट जाने का आदेश दिया। इतनी समझ उसे भी थी कि मेवाड़ की दिशा में दल-बल सहित आगे बढ़ने का अर्थ क्या लगाया जा सकता है। महाराणा प्रताप को मानसिंह के अकबर का दूत बनकर आने की सूचना पहले ही मिल गई थी। उन्होंने अपने पुत्र अमरसिंह को आदेश दिया कि मानसिंह का उदयपुर आने पर भव्य स्वागत किया जाए। सारी तैयारियाँ हो गईं। अमरसिंह ने कुँवर मानसिंह की अगवानी की और उसे बड़े आदर के साथ दरबार में ले आया, जहाँ स्वयं महाराणा और उनके प्रमुख सामंतों ने उसका स्वागत किया।

जलाल खाँ कोरची और मानसिंह में बहुत अंतर था। जहाँ जलाल खाँ मृदुभाषी विनम्र था, मानसिंह मुगल साम्राज्य की अपरिमित शक्ति के नशे में चूर था। अकबर का एक प्रमुख सेनापति होने के नाते वह कई विजय अभियानों पर गया था और मुगलवाहिनी व अपने रणकौशल के दम पर उसने जगह-जगह जीत के झंडे लहराए थे। वह यह मानकर आया था कि मेवाड़ जैसा छोटा सा राज्य उसके विनम्र प्रस्ताव में छिपी धमकी से भयभीत होकर संधि के लिए राजी हो जाएगा। उसकी भाषा में किसी दूत की विनम्रता के स्थान पर ताकत के बल पर अपनी बात मनवाने की खनक ज्यादा थी।

पहले दिन की बैठक में ही मानसिंह और उसके साथ आए दरबारियों

ने महाराणा के सामने प्रस्ताव रखे। इनका सारांश यह था कि महान् मुगल सम्राट् को मेवाड़ के वीर शिरोमणि राणा से संधि करके अतीव प्रसन्नता होगी। यदि आपस में विवाह संबंध हो जाएँ तो यह मैत्री स्थायी और प्रगाढ़ हो सकती है। इतना सुनना था कि राणा के सामंतों की त्यौरियाँ चढ़ गईं। पर प्रताप के संकेत पर सब शांत हो गए। इसके साथ ही यह विकल्प भी था कि यदि महाराणा को विवाह संबंधवाला प्रस्ताव किसी कारण से उचित नहीं लगता तो यह संधि की अनिवार्य शर्त नहीं है। वह अकबर के दरबार में हाजिरी दें और शहंशाह उन्हें ऊँचा रुतबा देंगे। दरबार में उनकी प्रतिष्ठा के अनुरूप ही उनका मान-सम्मान रहेगा। इसके साथ ही मानसिंह के साथ आए दरबारियों ने राणा को दी जानेवाली जागीर, पदवी तथा अन्य भेंटों के बारे में विस्तृत जानकारी दी।

महाराणा प्रताप सारी बात ध्यानपूर्वक सुनते रहे। उसके बाद उन्होंने इतना ही उत्तर दिया कि अपने सभी सामंतों से परामर्श करने के बाद ही वे कोई निर्णय कर सकेंगे। अमरसिंह ने दिल्ली दरबार से आए मेहमानों के आतिथ्य का बहुत अच्छा प्रबंध कर रखा था। मानसिंह की सुख-सुविधा और आमोद-प्रमोद का वह स्वयं ध्यान रख रहा था। उसे पता था कि मानसिंह को शिकार खेलने का बहुत शौक है, इसलिए उसने उसका भी विशेष प्रबंध किया था।

तीन दिन बीत गए, लेकिन कोई निश्चित उत्तर मानसिंह को न मिला। वह समझ गया कि महाराणा प्रताप उसका प्रस्ताव कभी नहीं मानेंगे। वह केवल टालमटोल कर रहे हैं। कोरची को उन्होंने दो महीने तक इसी तरह टाला था। उसमें इतना धैर्य नहीं था। वह बुरी तरह चिढ़ गया। अपना प्रस्ताव न माने जाने को उसने व्यक्तिगत अपमान समझा। उसकी बुआ जोधाबाई की शादी उसके पिता ने अकबर से कर दी थी, इस नाते वह खुद को शहंशाह का निकट संबंधी समझता था। इसके अलावा वह सम्राट् अकबर का चहेता तो था ही। बारह बरस की छोटी

 णा प्रताप *

सी उम्र में ही अकबर की चाकरी में आए मानसिंह को पराधीनता-स्वाधीनता का अंतर समझ में नहीं आ सकता था। संधि-प्रस्ताव को टालना उसे महाराणा की हठधर्मिता ही लगा। विदाई का दिन आने पर अमरसिंह ने उदयसागर के किनारे अतिथियों के लिए विशेष भोज का आयोजन किया। झील के किनारे लगाए गए सुंदर गलियारे में अतिथियों एवं उनके साथ भोजन करनेवाले सामंतों के लिए आसन लगाए गए और परंपरागत तरीके से भोजन करने के लिए इनके सामने चौकियाँ रखकर सोने-चाँदी के बरतनों में भोजन परोसा गया। मानसिंह राणा प्रताप के आने की प्रतीक्षा कर रहा था। जब कुछ देर बाद भी राणा प्रताप नजर नहीं आए तो उसने पूछा, "अमरसिंह, भोजन तक तो बहुत सुंदर आयोजन हुआ है, पर अभी तक राणा प्रताप नहीं आए?"

अमरसिंह ने अत्यंत विनम्रता के साथ हाथ जोड़कर निवेदन किया, "कुँवरजी, मैं आपकी सेवा में उपस्थित हूँ। आपके साथ भोजन भी अवश्य करूँगा। पिताश्री उदरशूल से परेशान हैं। अतः नहीं आ सकेंगे।" इतना सुनना था कि मानसिंह के तन-बदन में आग लग गई। वह ताड़ गया कि राणा प्रताप उसके साथ बैठकर भोजन करने में अपना अपमान समझते हैं। वह म्लेच्छ जो है। वह सामने परोसा गया भोजन छोड़कर उठ खड़ा हुआ और बोला, "कोई बात नहीं, कुँवर अमरसिंह, मैं जा रहा हूँ। अब दिल्ली से उनके पेटदर्द की दवा लेकर ही आऊँगा।"

अमरसिंह तो खून का घूँट पीकर चुप रहा, लेकिन एक राजपूत सामंत जो मुगलों की अधीनता स्वीकार करनेवाले के साथ बैठकर भोजन करने की विवशता से क्षुब्ध था, चुप न रह सका। उसने आगे बढ़कर कहा, "कुँवर मानसिंह, अगर आप दवा लेकर अकेले आए तो हम मालपुरा में आपका स्वागत करेंगे। अगर अपने फूफा के साथ आए तो जहाँ भगवान् एकलिंग को मंजूर होगा, वहाँ आपका भरपूर स्वागत किया जाएगा।"

मानसिंह और उसके साथ आए सभी दरबारियों के जाने के बाद सारा भोजन फेंकवा दिया गया। महाराणा प्रताप के आदेश के अनुसार दरबार कक्ष, अतिथिशाला और भोजन के स्थान को बार-बार गंगाजल से धुलवाकर पवित्र किया गया।

मानसिंह ने प्रताप की हठधर्मिता और उसके साथ बैठकर भोजन न करने के अपमान की कहानी थोड़ा नमक-मिर्च लगाकर अपने फूफा अकबर से बयान की। अकबर को समझते देर न लगी कि युवा मानसिंह को दूत बनाकर भेजने में उससे भूल ही हुई है। मानसिंह युद्धों के लिए एक योग्य सेनापति तो था, लेकिन संधि-वार्त्ता के लिए योग्य दूत नहीं हो सकता था। उसे उम्मीद थी कि अपने से बड़े प्रताप के प्रति विनम्रता दिखाकर और उनका सजातीय राजपूत होने के नाते अपनी ही भाषा में उन्हें ऊँच-नीच समझाकर मानसिंह संधि के लिए राजी कर लेगा, परंतु मानसिंह से मिले विवरण और उसके साथ गए अन्य दरबारियों से मिली विस्तृत सूचना के आधार पर उसे पता चल गया कि मानसिंह दूत न बनकर मुगल सम्राट् का प्रतिनिधि बनकर उदयपुर गया और उसने महाराणा के सामने विनम्र प्रस्ताव रखने के बजाय अहंकार भरी आदेशात्मक भाषा का प्रयोग किया था। राजनय के अनुरूप कुँवर मानसिंह का मेवाड़ के राजकुँवर अमरसिंह द्वारा स्वागत करना और उसके साथ बैठकर भोजन करने का प्रस्ताव रखना बिलकुल न्यायोचित था। महाराणा प्रताप के उसके साथ भोजन न करने से उसका कोई अपमान न हुआ था, पर वह चुप रहा। संधि-वार्त्ता भंग होने का तो उसे खेद रहा, लेकिन मानसिंह का बदला लेने का इरादा प्रकट होने से अकबर खुश ही हुआ। समय आने पर अब वह राजपूत को राजपूत से लड़ा सकेगा, पर अभी तो किसी वरिष्ठ और अनुभवी राजपूत को दूत बनाकर एक बार फिर मेवाड़ भेजना चाहिए। शायद राणा प्रताप ने इस बीच सोच-विचार करके मुगलों की विशाल शक्ति से टकराने और पराजित होने के बजाय

णा प्रताप *

संधि का अपना मन बना लिया हो।

उसने इस बार मानसिंह के पिता राजा भगवानदास को संधि-प्रस्ताव के साथ भेजने का निर्णय लिया। कुछ इतिहासकारों के अनुसार मानसिंह भगवानदास का भतीजा था, जिसे वह पुत्र ही मानते थे। आमेर के राजवंश का जहाँ अकबर से अब घनिष्ठ संबंध था, वहीं कभी उसका मेवाड़ के राजवंश से भी गहरा नाता था। आमेर के कछवाहा राजपूत कभी राणा साँगा के दरबार में हाजिरी भरते थे और उनके साथ किसी भी युद्ध में सहयोग करने को तत्पर रहते थे। मेवाड़ की शक्ति क्षीण हो जाने पर और अकबर के समय में मुगलों का अपरिमित सैन्य बल देखकर वे उसके साथ ही हो गए थे। उनकी समझ में आ गया था कि मेवाड़ की सारी सम्मिलित शक्ति भी अकबर को पराजित नहीं कर सकती। राणा प्रताप की स्वाधीनता की लगन उन्हें हठधर्मिता और मूर्खता ही नजर आती थी।

अकबर का आदेश पाकर राजा भगवानदास ने अक्तूबर 1573 में मेवाड़ की तरफ कूच किया। मानसिंह की तरह भगवानदास भी सेना लेकर चला और रास्ते में बड़नगर, रावलिया आदि को रौंदता हुआ आगे बढ़ा। अपनी इस जीत के माध्यम से वह राणा प्रताप को संदेश देना चाहता था कि मुगलों से दोस्ती न करनेवालों का क्या हश्र होता है। वहाँ से आगे बढ़कर उसने ईडा में डेरा डाला और थोड़ा विश्राम करने के बाद प्रताप के पास अपने आने का संदेश भेजा। वैसे तो राणा प्रताप को राजा भगवानदास के आगमन व उसके उद्देश्य के बारे में पहले ही खबर मिल चुकी थी। उन्होंने मानसिंह की तरह इस बार भी मुगल दरबार से आनेवाले दूत के स्वागत की पूरी तैयारी कर ली थी।

भगवानदास के आने पर महाराणा प्रताप ने स्वयं उनकी आगवानी की और भरपूर स्वागत-सत्कार किया। राणा ने कहा कि आप तो मेरे बड़े हैं, पूज्य हैं। इससे भगवानदास को आशा की किरण दिखाई दी।

उन्होंने सोचा कि मानसिंह की धमकी का कुछ तो असर इस पर हुआ है। राजा भगवानदास को आशंका थी कि अन्य सामंतों की उपस्थिति में संधि की चर्चा करने से कुछ समस्या हो सकती है। वह मेवाड़ी राजपूतों के स्वभाव और चरित्र से भली-भाँति परिचित थे। किसी भी राव-रावल की नकारात्मक प्रतिक्रिया वार्त्ता को विफल कर सकती थी। अतः उसने पहली शर्त यह रखी कि जो कुछ बातचीत होगी वह प्रताप और उनके बीच ही होगी। कोई तीसरा इसमें सम्मिलित नहीं होगा। यहाँ तक कि कुँवर अमरसिंह और राव कृष्णदास को भी इससे अलग रखा गया। इस पर किसी को आपत्ति न थी। सभी सामंत अपने महाराणा को जानते थे कि वे कभी मेवाड़ की स्वाधीनता के साथ समझौता नहीं करेंगे।

राजा भगवानदास और राणा प्रताप की एकांत वार्त्ता का भी सार संक्षेप वही था जो मानसिंह के साथ उनकी बातचीत में सामने आया था। अंतर केवल इतना था कि भगवानदास बहुत विनम्रता और अपनेपन से पेश आ रहे थे। उन्होंने राणा को समझाया कि आमेर के राजवंश का अनुकरण करने में ही उनकी भलाई है। वह स्वयं अकबर से सिफारिश करेंगे कि महाराणा को दरबार में उचित सम्मानजनक पद और उपाधि दी जाए। मुगलों की विशाल शक्ति से टकराव छोटे से मेवाड़ के लिए विजय की आशा रखना असंभव ही तो है। जब पराधीनता निश्चित है तो व्यर्थ के रक्तपात से क्या लाभ? इससे तो मेवाड़ की प्रजा की दुर्दशा ही होगी। अभी जो मान-सम्मान महाराणा को मिल रहा है, युद्ध में पराजय के बाद उसकी आशा रखना भी व्यर्थ ही होगा। आखिरकार इन सारे तर्कों के उत्तर में राणा प्रताप ने स्वतंत्रता के बदले स्वर्ग का राज्य मिलने पर भी उसे तुच्छ कहा तो भगवानदास चिढ़ गए। बड़े होने के नाते बोले कि प्रताप, मैं तो तुम्हारे हित के लिए समझा रहा था, पर अगर तुम आत्महत्या का रास्ता ही अपनाना चाहते हो तो तुम्हारी मरजी। अपनी हठधर्मिता से तुम मेवाड़ को युद्ध की आग में झोंकोगे और हजारों

वीर राजपूतों के बलिदान के लिए उत्तरदायी होगे। तुम मेवाड़ के साथ अपने लिए भी विपदा मोल ले रहे हो, स्वतंत्रता नहीं। भगवानदास की समझ में नहीं आ रहा था आखिर मुगलों की विशाल शक्ति से टकराकर मेवाड़ स्वतंत्र कैसे रह सकता है? यह तो नितांत असंभव है।

राजा भगवानदास निराश होकर लौट गए, पर अकबर उनसे सारा वृत्तांत सुनने के बाद भी निराश नहीं हुआ, इनके बाद एक और प्रयास करने के लिए उसने राजा टोडरमल को संधि-वार्त्ता के लिए चुना। दिसंबर 1573 में टोडरमल भी मेवाड़ के लिए रवाना हुए, हालाँकि न टोडरमल को और न ही सम्राट् अकबर को इस वार्त्ता की सफलता की कोई उम्मीद थी। फिर भी नीतिकुशल और व्यवहारकुशल टोडरमल को भेजकर एक और प्रयास करना उसने उचित समझा। टोडरमल को भी राणा प्रताप से वहीं उत्तर मिला जो दूसरों को मिला था। वे किसी भी कीमत पर मेवाड़ की स्वतंत्रता के साथ समझौता करने को तैयार नहीं हुए। राणा को लगता था कि यह तो अपनी सुख-सुविधा के लिए मेवाड़ की स्वतंत्रता को बेचना होगा। वे अच्छी तरह जानते थे कि इस इनकार के बाद युद्ध अवश्यंभावी है। वे युद्ध के परिणाम से भी अवगत थे। यदि एक सैनिक संघर्ष में मेवाड़ की विजय भी होती है तो अकबर का अहंकार इस अपमान को न सह सकेगा। वह अपनी सारी शक्ति मेवाड़ को झुकाने के लिए युद्ध में झोंक देगा। स्वयं महाराणा और उनके प्रिय मेवाड़ को किस तरह के कष्टों का सामना करना पड़ सकता है, इसे वे अच्छी तरह समझते थे। पर स्वतंत्रता उनके लिए सर्वोपरि थी।

राणा प्रताप को आरंभ से ही पता था कि किसी तरह की संधि-वार्त्ता सफल नहीं हो सकती, चाहे कितना बड़ा प्रलोभन क्यों न हो, मेवाड़ कभी पराधीनता स्वीकार न करेगा, पर वे वार्त्ताओं का क्रम जारी रखना चाहते थे, ताकि आनेवाले युद्ध का सामना करने की यथासंभव तैयारी कर लें। अकबर भी कोरची और मानसिंह की असफलता के बाद

समझ गया था कि प्रताप को अधीनता के लिए राजी करना असंभव है, पर अपनी कूटनीति के तहत वह अन्य राजपूतों को दिखाना चाहता था कि मैंने तो मेवाड़ से मित्रता का भरसक प्रयास किया, पर महाराणा के हठ के आगे मेरी एक न चली, फिर विवश होकर आक्रमण का आदेश देना पड़ा। इस बीच जो समय मिला, उसका उपयोग उसने मेवाड़ के अन्य संभावित सहयोगियों को दबाने में लगाया, ताकि मुगलों को राजपूतों की सम्मिलित शक्ति का सामना न करना पड़े। शायद कहीं उसे यह आशा भी थी कि इस प्रकार लगभग अकेला पड़ जाने पर राणा प्रताप संभवतः झुक जाएँ।

□

6

सुरक्षा की तैयारियाँ

वास्तव में मेवाड़ की स्वतंत्रता की रक्षा करने की चुनौती उदयसिंह के राज्यकाल में ही खड़ी हो गई थी। चित्तौड़गढ़ के हाथ से निकल जाने के बाद उदयसिंह मेवाड़ की रक्षा के प्रति विशेष रूप से चिंतित रहते थे। उन्होंने सेना में नई भरती की, मेवाड़ के अधिक-से-अधिक मित्र बनाने का प्रयास किया और अपेक्षाकृत अधिक सुरक्षित स्थान पर उदयपुर बसाना आरंभ किया। किशोरावस्था तक आते-आते प्रताप इन सारी गतिविधियों में दिलचस्पी लेने लगे थे। अतः वे इस समस्या और संभावित समाधान से भी पूर्णतः परिचित थे।

प्रताप की नजरों के सामने धीरे-धीरे मेवाड़ का सारा मैदानी भाग मुगलों के अधिकार में चला गया था। उस पर या सिसौदिया वंश के सम्मान के प्रतीक चित्तौड़गढ़ पर दोबारा अधिकार करने की कल्पना करना भी व्यर्थ सिद्ध होता। तात्कालिक आवश्यकता थी तो मुगलों की विशाल शक्ति से बचे-खुचे मेवाड़ की रक्षा करने और उसे स्वतंत्र रखने की।

सिक्के का दूसरा पहलू भी था। जहाँ विशाल मुगल साम्राज्य की तुलना में मेवाड़ एक छोटा सा राज्य था, प्रकृति ने उसे अपने स्वाभिमान

की रक्षा के साधन भी दिए थे। उसके दुर्गम पर्वतीय प्रदेश, सँकरी घाटियाँ, दूर-दूर तक फैले जंगली प्रदेश और वर्षाकाल में उसकी उफनती नदियाँ बाहरी आक्रमण से मेवाड़ की रक्षा करती थीं। आक्रमणकारियों की तुलना में बहुत छोटी सेना भी इन दर्रों और घाटियों में मोरचे जमाकर अपनी रक्षा कर सकती थी। यहाँ के निवासी इंच-इंच भर भूमि से परिचित थे, जबकि किसी भी आक्रमणकारी के लिए यह बिलकुल अनजाना प्रदेश था। इसके अलावा इसकी रक्षा करनेवाले जाँबाज राजपूत थे, जो वीरता में अपना सानी न रखते थे।

अकबर इस बात से भली-भाँति परिचित था। चित्तौड़गढ़ की चढ़ाई में उसका सामना उदयसिंह की वहाँ छोड़ी एक छोटी सेना से ही हुआ था, लेकिन वे मुट्ठी भर राजपूत जिस वीरता से लड़े थे, उसे वह अभी भूला नहीं था। मेवाड़ के दुर्गम पर्वतीय प्रदेश में राजपूतों से युद्ध कितना कठिन और महँगा पड़ेगा—इसका अनुमान भी उसे था। युद्ध के लिए मंत्रणा हो रही थी तो उस बैठक में प्रताप का रूठा हुआ और अकबर की शरण में गया भाई शक्तिसिंह भी था। अकबर ने उससे पूछा कि अगर मेवाड़ के पर्वतीय प्रदेश में राणा को युद्ध में हराना हो तो कितनी सेना की आवश्यकता होगी। इस पर शक्तिसिंह ने उत्तर दिया कि पूरे क्षेत्र की घेराबंदी के लिए ही कम-से-कम दो लाख की फौज चाहिए। इसके अलावा हमें यह भी याद रखना चाहिए कि मुगल सेना की मुख्य ताकत हाथी और तोपखाना वहाँ किसी काम न आएँगे। सैनिक अगर किसी गलत रास्ते में भटक गए तो वनवासी भीलों के विष-बुझे बाणों से एक भी न बचेगा।

मंत्रणा सभा में उपस्थित अधिकांश सभासदों ने शक्तिसिंह की बात को अतिशयोक्ति माना। कुछ ने खुलेआम कहा कि जहाँपनाह, यह बड़ा डरावा दिखाकर अपने भाई महाराणा प्रताप को मुगलों के कोप से बचाना चाहता है। आखिर है तो उसका भाई ही न! कुछ ने उसका

मजाक भी उड़ाया।

अकबर उसकी बात सुनकर गंभीर हो गया। उसे उसमें ठोस वास्तविकता दिखाई दी। खुले मैदान में मेवाड़ की छोटी सी सेना विशाल मुगल सेना और उसके तोपखाने के सामने ठहर नहीं सकती थी, लेकिन बीहड़ पर्वतीय प्रदेश में उसे हराना लोहे के चने चबाना ही था। उसने शक्तिसिंह की बात की कद्र की और भावी युद्ध की योजना को लेकर गहरी सोच में डूब गया।

इधर राणा प्रताप ने सुरक्षा तैयारियाँ तेज कर दी थीं। उन्होंने गोगूंदा से अपना शस्त्रागार और राजकोष कुंभलगढ़ और आवलगढ़ में भेज दिया था। उन्हें आशंका थी कि मुगल सेना गोगूंदा पर आक्रमण कर सकती है। कुंभलगढ़ आज भी बहुत दुर्गम प्रतीत होता है। अतः उस समय किसी आक्रमणकारी सेना का सँकरे रास्तों से होकर वहाँ पहुँचना असंभव ही था। इसके अलावा पर्वतों से घिरे इस दुर्ग के चारों ओर किसी बड़ी सेना का जमा होना संभव न था। आवलगढ़ अपेक्षाकृत छोटा दुर्ग था, लेकिन कुंभलगढ़ से भी अधिक दुर्गम होने के कारण सुरक्षित था। राणा ने इन दोनों गढ़ों में पर्याप्त खाद्यान्न-भंडार भी जमा कर लिया था। पानी की इस प्रदेश में कमी न थी। इसके अतिरिक्त एक और लाभ यह था कि शत्रु के बहुत अधिक दबाव की स्थिति में यहाँ से निकलकर बीहड़ पर्वतीय प्रदेश के किसी और सुरक्षित स्थान पर चले जाना सहज था। मेवाड़ के लुहार भाले, तलवारें, धनुष-बाण बनाने में दक्ष थे। वे रात-दिन हथियारों की पूर्ति के लिए लगे थे और अस्त्र-शस्त्र बनाकर पर्वतों की कंदराओं में जमा कर रहे थे।

शत्रुओं के अनाचारों से त्रस्त जो नागरिक शरण लेने के लिए पर्वतीय प्रदेश में चले गए थे, उनके पुनर्वास में राणा प्रताप ने यथासंभव सहायता की और पहाड़ों के बीच हरे-भरे मैदानों में उनके रहने के लिए कच्चे घर युद्ध स्तर पर बनवाए। इनमें से जो युवा देश की रक्षा के लिए

अपनी सेवाएँ देने को तत्पर थे, उन्हें सेना में भरती कर लिया गया। उन्हें हथियारों से लैस किया गया और शस्त्र संचालन का प्रशिक्षण दिया गया। वीरता-धीरता से मेवाड़ की रक्षा के लिए प्राणोत्सर्ग करना तो उनके रक्त में शामिल था।

राणा प्रताप की सारी तैयारी भावी युद्ध के सकारात्मक व नकारात्मक दोनों परिणामों को ध्यान में रखकर की गई थी। कुछ इतिहासकारों की यह टिप्पणी कि वे वीरता के अति उत्साह में रहते थे—उपयुक्त प्रतीत नहीं होती। प्रताप ने जिस तरह आसन्न युद्ध की तैयारी की, वह ठोस वास्तविकता पर आधारित थी। उन्होंने पर्वतीय मार्ग में एक-एक नाके पर सुरक्षा किस तरह की जाएगी, इसकी पूरी और व्यापक योजना अपने सेनानियों के साथ बनाई। कुंभलगढ़ या आवलगढ़ पर भी संकट मँडराने पर राजकोष और राजपरिवार को किस तरह से वहाँ से निकालना है और कहाँ स्थानांतरित करना है—इस पर विस्तृत योजना पहले से बना ली गई थी। उसकी पुष्टि बाद की घटनाओं से भी होती है, जब हम देखते हैं कि प्रताप कैसे अपने परिवार और खजाने को शत्रु के घात-प्रतिघात से बचाकर सुरक्षित रख पाए।

सेना के पुनर्गठन, दुर्गों की सुरक्षा, पर्वतीय मार्गों की नाकेबंदी की व्यवस्था, शत्रु सेना की आपूर्ति में यथासंभव बाधा पहुँचाने की व्यवस्था, पर्वतीय प्रदेश एवं दुर्गों में अन्न के भंडार, पशुओं के चारे और जल की व्यवस्था करने के बाद राणा प्रताप ने मैदानी क्षेत्र की ओर ध्यान दिया, जहाँ से मुगलों की सेना को आना था। उन्होंने आदेश जारी कर दिया कि सारे मैदानी क्षेत्र में कोई खेती नहीं की जाएगी। पूरे प्रदेश को अंजर-बंजर की तरह उजाड़ दिया जाए। शत्रु को किसी भी तरह की खाद्यान्न की स्थानीय सहायता नहीं मिलनी चाहिए। इस आज्ञा का उल्लंघन करनेवाले को देश का शत्रु माना जाएगा और प्राणदंड मिलेगा। देशभक्त किसानों ने अपने महाराणा की आज्ञा का अक्षरशः पालन किया।

 णा प्रताप ✻

अपवादस्वरूप जिस इक्के-दुक्के ने किसी किस्म की फसल उगाने की कोशिश की, उसका सिर काट दिया गया।

इधर संधि-प्रस्तावों की असफलता के बाद सम्राट् अकबर भी युद्ध-योजना पर विचार कर रहा था। उसे यह बात बहुत अखर रही थी कि छोटा सा मेवाड़ विशाल मुगल साम्राज्य को मुँह चिढ़ाते हुए स्वाधीन खड़ा है। उस पर किसी तरह के दबाव का कोई असर नहीं पड़ा है, लेकिन मेवाड़ को पिद्दी सा और चंद घंटों में रौंदा जा सकनेवाला राज्य समझने की भूल अकबर ने न की थी। चित्तौड़गढ़ की लड़ाई का उसे व्यक्तिगत अनुभव था। उसने वहाँ मुट्ठी भर राजपूतों को अपने दुर्ग की रक्षा करते हुए प्राण-न्योछावर करते देखा था। मेवाड़ मुँह का निवाला न था, इसीलिए वह पूरी योजना के साथ उस पर आक्रमण करना चाहता था, ताकि एक ही बड़े वार में इस समस्या को सदा के लिए मिटा दें। जो काम संधि-वार्त्ता से नहीं हुआ, वह तलवार के जोर पर तो हो ही सकता था।

मेवाड़ की स्वाधीनता अकबर की विस्तारवादी महत्त्वाकांक्षा में बहुत बड़ी बाधा तो थी ही, उसके स्वाधीन रहने से एक और बड़ी समस्या थी—आर्थिक समस्या। विदशों से जो भी माल समुद्री मार्ग से आता था, वह सूरत के बंदरगाह पर उतारा जाता था। वहाँ से गुजरात व राजपूताना के रास्ते ही वह उत्तर भारत में आता था। इसीलिए अकबर ने उस रास्ते को निष्कंटक बनाने के लिए गुजरात और मेवाड़ पर अधिकार करना आवश्यक समझा। उन दिनों आमदनी का एक जरिया लूट भी होता था। बड़े राव-रावलों के छापामार दस्ते मौका मिलने पर आस-पास के इलाकों में अचानक हमला करके लूटमार करते थे और किसी बड़ी सेना के रक्षा के लिए आने से पहले अपने क्षेत्र में लौट आते थे। इसके अलावा राजस्थान के भील और दूसरे हथियाबंद दस्ते सूरत से माल लेकर आनेवाले व्यापारिक कारवाँ लूट लेते थे। इन्हें वहाँ की

शासकों की मौन स्वीकृति रहती थी। परंपरा इतनी प्रचलित थी कि इसे किसी तरह का गलत काम या अपराध नहीं माना जाता था। नैतिकता को सर्वोच्च वरीयता देनेवाले महाराणा प्रताप के राज्य में भी इस प्रकार की गतिविधियाँ जारी थीं। उनके अपने सैनिक दस्ते भी बहुधा इनमें शामिल रहते थे। मेवाड़ पर अपना आधिपत्य जमाए बिना अकबर इस मार्ग को पूरी तरह निरापद नहीं बना सकता था।

अकबर ने जोधपुर के राव चंद्रसेन के विरुद्ध जो सैनिक अभियान चलाया था, उसका एक कारण यह भी था। राव चंद्रसेन के सैनिक भी गुजरात से आनेवाले व्यापारिक कारवाँ लूटने में सिद्धहस्त थे, जिससे अकबर परेशान रहता था। निरंतर प्रयास करने और उनके राज्य के बहुत बड़े भूभाग को अपने अधिकार में कर लेने के बावजूद अकबर उन्हें पराधीन करने में सफल नहीं हो सका था। वह चाहता था कि चंद्रसेन उसके खेमे में आ जाएँ। उनका और राणा प्रताप का गठजोड़ टूटे। दूसरों से सफलता तो नहीं मिली, पर राणा प्रताप से सीधी टक्कर होने से पहले वह चंद्रसेन की शक्ति को क्षीण करने में अवश्य सफल रहा।

राव चंद्रसेन से होनेवाली सैनिक झड़पों ने भी अकबर को सिखा दिया था कि छोटे से दिखनेवाले मेवाड़ से लोहा लेना आसान नहीं होगा। इसलिए उसने पूरी तैयारी के साथ और सुनियोजित ढंग से मेवाड़ पर आक्रमण करने की योजना बनाई थी। इस योजना की सारी रूपरेखा बनाने एवं तत्संबंधी मंत्रणा में पूरी व्यक्तिगत रुचि ली थी।

कुछ मुसलिम इतिहासकारों ने इसका एक धार्मिक कारण भी गिनाया है। उत्तर भारत से जो मुसलमान हज-यात्रा पर जाते थे, वे भी सूरत से ही जहाज में बैठते थे। अतः उनका रास्ता भी राजस्थान और गुजरात से होकर जाता था। इन इतिहासकारों के अनुसार, अकबर उनके लिए भी इस रास्ते को सुरक्षित करना चाहता था। दरअसल इस बात में कोई दम नहीं है। अजमेर और मेवाड़ के लूटनेवाले दस्तों की हज-यात्रियों में

कोई दिलचस्पी नहीं थी। इसके अतिरिक्त मेवाड़ या अजमेर के शासकों ने ही नहीं, वहाँ के निवासियों ने भी सदा से धार्मिक सहिष्णुता का परिचय दिया है। दूसरे के धर्म का आदर करना और सभी धर्मों के अनुयायियों के साथ मिल-जुलकर रहना वहाँ की संस्कृति का एक अंग था। कभी उन्होंने धार्मिक कारणों से किसी को हानि पहुँचाने का विचार तक नहीं किया। जहाँ तक प्रताप का सवाल है, मुसलमान का महाराणा उतना ही आदर करते थे, जितना अपने हिंदू प्रजाजन का। वे एक लोकप्रिय शासक थे और सबको समान दृष्टि से देखते थे। इसीलिए महाराणा की सेना में भी बहुत से मुसलमान सैनिक थे। हाकिम खाँ सूर उनके प्रमुख सेनानियों में एक था, जो हल्दीघाटी के युद्ध में ऐसी वीरता से लड़ा कि एक बार तो शत्रु सेना के पाँव ही उखाड़ दिए।

सवाल उठता है कि आखिर मेवाड़ को अपने अधिकार में लेने के लिए व्यग्र अकबर ने सैनिक काररवाई करने में इतना समय क्यों लगाया? संधि-वार्त्ताओं के संभावित परिणामों का अनुमान उसे था, पर मेवाड़ उसके विजय-अभियानों की योजना में नहीं था। इससे पहले वह गुजरात और मालवा पर पूरी तरह अपना आधिपत्य जमाना चाहता था। इसके अलावा समय-समय पर होनेवाले छोटे-मोटे विद्रोहों को भी वह पूरी तरह कुचलना चाहता था। उसे यह भी अनुमान न था कि मेवाड़ के विरुद्ध संघर्ष आरंभ करने पर उसकी सेना कितने समय तक वहाँ उलझी रहेगी। दूरदर्शी यथार्थवादी अकबर ने आनन-फानन में मेवाड़ को पददलित करने का दिवा-स्वप्न कभी नहीं देखा था।

यही कारण था कि वह संधि-वार्त्ताओं के बहाने उस काररवाई को टालता रहा। इधर महाराणा प्रताप ने भी टालने की नीति अपना रखी थी। उन्हें मुगलों की विशाल सेना का सामना करने के लिए काफी तैयारी करनी थी। इसके लिए जितना अधिक समय मिले, उतना ही अच्छा था। मानसिंह के भोजन के समय उद्दंडता दिखाने पर अमरसिंह

तो विनम्र बना रहा, लेकिन राजपूत सरदार ने जो खरी-खरी सुनाई, उससे भी राणा बहुत प्रसन्न थे। वे नहीं चाहते थे कि शत्रु पर मेवाड़ की असली मंशा प्रकट हो। सिसौदिया वंश की अतिथिपरायणता के अलावा महाराणा प्रताप और युवराज अमरसिंह की अकबर के सभी दूतों के प्रति विनम्रता के व्यवहार के पीछे यही नीति थी।

बहरहाल अब सारी स्थिति स्पष्ट हो चुकी थी और दोनों ओर से युद्ध की तैयारियाँ जोरों पर थीं। मेवाड़ के वीरों के सिर पर युद्धोन्माद हावी हो रहा था। वे चित्तौड़ की पराजय का मुगलों से बदला लेने को उतावले हो रहे थे। पिता राणा प्रताप के निर्देशन में रणनीति एवं कूटनीति दोनों का प्रशिक्षण पाए अमरसिंह व अन्य वरिष्ठ सामंत उनके उत्साह पर नियंत्रण रखने और उन्हें अनुशासित रखने का प्रयास कर रहे थे।

□

7

हल्दीघाटी का युद्ध

युद्ध की तैयारी ऐसी चीज है, जिसे किसी भी काल में गुप्त रखना संभव नहीं था। मुगलों की तरफ से क्या तैयारी हो रही है—उसकी जानकारी प्रतिदिन राणा प्रताप को मिल रही थी। इसी तरह राजपूतों की तैयारी की सारी सूचना अकबर तक भी पहुँच रही थी। राणा प्रताप के साथ बाहर से कौन-कौन से राव-रावल युद्ध में सहायता के लिए तत्पर थे, उसकी खबर भी अकबर को थी। वह उन सब की सम्मिलित शक्ति का पता करना चाहता था, लेकिन यह संभव नहीं हो सका। अतः उसने अनुमान के आधार पर अपनी सेना को तैयार किया।

राणा प्रताप को पता चल चुका था कि मानसिंह के नेतृत्व में मुगलों की एक बड़ी सेना मेवाड़ पर धावा बोलने के लिए कूच करनेवाली है। वह कितनी है, इसका पता लगाना या अनुमान करना शायद उनके लिए महत्त्व नहीं रखता था। सेना पाँच हजार हो या पचास हजार—मेवाड़ को तो अपनी स्वाधीनता की रक्षा के लिए उसका सामना करना ही था। जो कुछ शक्ति राणा जुटा सकते थे, उन्होंने जुटा ली थी। अब तो आवश्यकता थी युद्धनीति बनाने और मुगल सेना का सामना कहाँ किया जाए, इसका निर्णय लेने की।

मंत्रणा-कक्ष में रणनीति को लेकर मतभेद स्पष्ट रूप से उभरकर सामने आए। परंपरा से चली आ रही रणनीति को बदलना आसान नहीं होता। विषय कोई भी हो, जो कुछ चला आ रहा है, उसके विपरीत कुछ करने के लिए सामान्यजन तो क्या विशिष्ट लोग भी आसानी से तैयार नहीं होते। राजपूतों की अब तक की परंपरा यह थी कि अपने से संख्या में चाहे कितनी बड़ी सेना हो, उस पर टूट पड़ते थे और जब तक एक भी वीर जीवित है, शत्रु को आगे बढ़ने से रोकने का भरपूर प्रयास करता था। राजपूताने का इतिहास ऐसे शौर्य की गाथाओं से भरा पड़ा है। पराजित होने पर राजपूतों की एक पूरी युवा पीढ़ी बलिदान हो चुकी होती थी। दूसरी पीढ़ी में युवा होनेवाले शत्रु का सामना करने लायक बनने तक विवश रहते थे।

एक अंग्रेज लेखक ने बहुत अच्छी टिप्पणी की है कि जो लड़ता है, वह अपनी हार निश्चित देखकर युद्धक्षेत्र से भाग खड़ा होता है। वह फिर कभी शत्रु का सामना करने के लिए जीवित रहता है, लेकिन जो शत्रु का पलड़ा भारी होने पर भी पीछे नहीं हटता और कट मरता है, वह कभी अपनी हार का बदला लेने के लिए फिर खड़ा नहीं हो सकता। राजपूतों के साथ ऐसा ही होता आया था, पर वे इस तथ्य को समझने को तैयार न थे।

हल्दीघाटी की लड़ाई के लिए हुई मंत्रणा सभा में भी ऐसी ही मनोस्थिति सामने आई। पहले के कई छोटे-बड़े युद्धों के कड़े अनुभवों से गुजरे कुछ वरिष्ठ सामंत, जिनमें रामसिंह तंवर प्रमुख थे, इस मन के थे कि मुगलों से सीधी टक्कर न ली जाए। उन्हें पहले आक्रमण करने दिया जाए और दुर्गम व सँकरे पर्वतीय स्तर में हमारी सेना उनका मुकाबला करते हुए उलझाकर रखे।

ऐसी स्थिति में मुगल सेना का मुख्य बल, उसके हाथी और तोपखाना किसी काम न आ सकेंगे। संख्या में अधिक होने का लाभ भी उनको

मैदान में ही था। पहाड़ के कुछ रास्ते तो इतने सँकरे थे जिन पर एक साथ दो सैनिक भी नहीं चल सकते थे। ऐसे में मोरचाबंदी करके वहाँ डटी राजपूत सेना के लिए उनका सामना करना सहज होगा। पर्वतों की आड़ में लगभग अदृश्य भीलों के अचूक निशाने और विषबद्ध बाणों के प्रहार के सामने बड़ी-से-बड़ी सेना भी असहाय ही रहेगी। उनका कहना था कि छापामार युद्ध की रणनीति के अनुसार आवश्यकता पड़ने पर किसी एक मोरचे से पीछे हटने और फिर दूसरे पार्श्व से शत्रु पर चोट करने की नीति भी अपनाई जा सकती है।

यह नई सोच थी, जो परंपरागत शैली की लड़ाईवालों की समझ में नहीं आई। उनकी राय थी कि खुल्लमखुल्ला शत्रु पर पूरी शक्ति से धावा बोला जाए। पहाड़ी कंदराओं की ओट लेकर लड़ने में कहाँ की वीरता है? इससे शत्रु पर वैसा घातक प्रहार भी नहीं हो सकेगा, जो जरूरी है। इनमें से कुछ अति उत्साही सामंतों ने राणा से अनुरोध किया कि उन्हें हरावल दस्ते में रखा जाए। वे अपने आरंभिक प्रहार से ही शत्रु के पैर उखाड़ देंगे।

काफी सोच-विचार के बाद राणा प्रताप ने लगभग मिली-जुली रणनीति अपनाने का निर्णय लिया। तय हुआ कि युद्ध हल्दीघाटी में लड़ा जाएगा। इस सँकरे और पथरीले इलाके में मुगलों के लिए लड़ना आसान न होगा। वे मैदानी इलाके की लड़ाई के अभ्यस्त थे। राज्य के सैनिक मुगल तोपखाने की मार और हाथियों की विशाल सेना से बचे रहते। यह परंपरागत और छापामार युद्ध के बीच की रणनीति थी, यानी दोनों मतों का समन्वय जिसमें छापादार रणनीति का पुट स्पष्टतः अधिक था।

इससे पहले स्वयं महाराणा प्रताप और उनके कुछ अन्य सामंत मांडलगढ़ के खुले इलाके में मुगलों का सामना करने के पक्ष में थे, पर सारी स्थिति पर पुनर्विचार करने और युद्ध-मंत्रणा के बाद हल्दीघाटी में

छापामार शैली में लड़ने को ही श्रेयस्कर समझा गया। इधर अकबर ने मानसिंह को मेवाड़ पर आक्रमण करने के लिए भेजी जानेवाली सेना का प्रधान सेनापति नियुक्त किया। कुछ मुसलमान सिपहसालारों को यह अखरा भी, पर वे मौन रहे। अकबर चाहता था कि राजपूत राणा प्रताप के विरुद्ध जो सेना जाए, उसका नेतृत्व एक राजपूत ही करे। इससे उसका साथ देनेवाले अन्य राजपूतों पर गलत संदेश नहीं जाता। मानसिंह जब संधि-वार्त्ता के लिए आया था, तब उसने प्रताप की अनुपस्थिति को अपना अपमान समझा था और उसने अकबर से कहा भी था कि समय आने पर उसे इस अपमान का बदला लेने का अवसर दिया जाए। इसके अलावा मानसिंह कई युद्धों का विजेता, कुशल एवं अनुभवी सेनापति था। अकबर को उसकी वीरता और रणनीति पर पूरा भरोसा था।

मानसिंह के रणकौशल पर तो अकबर को पूरा भरोसा था, लेकिन एक राजपूत का दूसरे राजपूत से लड़ते समय उस पर पूरा भरोसा करना उसने उचित नहीं समझा। अत: उसने मानसिंह की सहायता के लिए अपने चुने हुए मुसलमान सिपहसालारों गाजी खान, महाबल खान, मुजाहिद खान, मिहतर खान, अरशद खान, ख्वाजा मुहम्मद रफी, आसफ खान, मीर बक्शी और सैयद हमीम बरहा को भी साथ कर दिया। इसके अलावा हिंदू सेनापति राय लूनकरण, माधोसिंह और जगन्नाथ कछवाहा भी थे। रणनीति के लिए जिन युद्धों पर राजपूतों ने चर्चा की थी, मुगलों की मंत्रणा सभा में भी उन्हीं पर चर्चा हुई थी। उसका सारांश भी यही था कि दुर्गम पहाड़ी प्रदेश में मेवाड़ की सेना को परास्त करना सरल न होगा। वहाँ न तोपखाना काम आएगा, न हाथियों की फौज, जिस पर मुगलों को बहुत भरोसा था। मुगल सेना में सभी अनेक बड़े युद्धों के अनुभवी सिपहसालार थे। उन्होंने राय लूनकरण के इस तर्क को एकमत से स्वीकार किया। रणनीति यही तय हुई कि किसी भी तरह राजपूतों को उकसाकर मैदान में लाया जाए और आमने-सामने की लड़ाई में परास्त

किया जाए। दुर्गम पहाड़ी प्रदेश में यदि युद्ध होता है तो मुगल सेना कदाचित् अनिश्चित काल के लिए वहाँ फँस जाएगी।

मानसिंह को प्रधान सेनापति बनाकर भेजने के पीछे एक चाल और थी। राणा कुंभा के आमेर को अपने अधीन कर लेने के बाद से आमेर के कछवाहा राजपूत चित्तौड़ के दरबार में हाजिरी भरते थे। स्वयं मानसिंह के पिता राजा भगवानदास भी कुछ समय तक महाराणा प्रताप के पिता राणा उदयसिंह के दरबार में हाजिरी देते रहे, लेकिन बाबर के हाथों राणा साँगा की पराजय के बाद से ही वे मुगलों की बढ़ती शक्ति के प्रति आकर्षित हो रहे थे। बीच में हुमायूँ का अस्त-व्यस्तता का समय आने पर और दिल्ली में शेरशाह सूरी का राज्य स्थापित होने के कारण वे कुछ निर्णय न ले सके, फिर अकबर के समय में मुगलों की शक्ति बहुत अधिक बढ़ गई। अकबर कुछ राजपूतों को अपने साथ मिलाना चाहता था। आमेर के कछवाहा भी इसी अवसर की ताक में थे। उन्होंने न केवल उनकी अधीनता स्वीकार कर ली, बल्कि मानसिंह की बुआ जोधाबाई का डोला अकबर के हरम की शोभा बढ़ाने को भेजकर इस संबंध को और भी सुदृढ़ कर लिया।

जाहिर है कि उदयसिंह और उनके बाद राणा प्रताप इस विश्वासघात को भूले न थे। अकबर को विश्वास था कि मानसिंह को अपने विरुद्ध युद्ध का संचालन करते देख राणा प्रताप का खून खौल उठेगा। तय पाया गया कि उचित अवसर देखकर मानसिंह अपना हाथी बढ़ाकर राणा प्रताप के घोड़े के सामने ले आए और अगर फिर भी राणा उत्तेजित न हो तो उसे युद्ध के लिए ललकारे। इस पर प्रताप आपा खोकर मानसिंह पर टूट पड़ेगा। हाथी पर सवार मानसिंह घुड़सवार प्रताप पर भारी पड़ेगा। वह अपने घोड़े को हाथी पर चढ़ाने की कोशिश कर सकता है। इसलिए तय पाया गया कि हाथी की सूँड़ में तीखी दोधारी तलवारें बाँध दी जाएँ, जिनसे राणा का घोड़ा चेतक घायल हो जाए। मानसिंह के हाथी के

आस-पास चुनिंदा वीर सैनिकों का एक जबरदस्त दस्ता तैनात कर दिया गया, जिन्हें निर्देश था कि ऐसा अवसर आने पर जिसकी बहुत संभावना थी, वे महाराणा प्रताप को घेरकर मार डालें। अपने महाराणा को मरते देख राजपूतों के हौसले पस्त हो जाएँगे और फिर शेष युद्ध को जीतना सरल हो जाएगा। जैसा कि हम आगे देखेंगे, मुगलों ने इसी रणनीति के तहत काम किया, जो काफी हद तक सफल रही।

मेवाड़ की विजय अकबर के लिए कितना महत्त्व रखती थी, इसका अनुमान इसी बात से लगाया जा सकता है कि युद्ध की रणनीति तय हो जाने के बाद बादशाह अकबर खुद मार्च 1576 में अजमेर आया। उसने ख्वाजा की दरगाह पर माथा टेका और बहुत सा चढ़ावा चढ़ाकर युद्ध में सफलता की मन्नत माँगी। अजमेर में बैठकर अकबर ने भावी युद्ध से संबंधित गतिविधियों का खुद निरीक्षण किया। इसके अतिरिक्त उसे मेवाड़ के इलाकों में होनेवाली गतिविधियों की सूचनाएँ भी यहाँ आसानी से मिल जाती थीं।

यहाँ एक और तथ्य की चर्चा करना भी प्रासंगिक होगा। राजपूताना के इतिहास में कर्नल टॉड ने और उनके विवरण से प्रभावित होकर कुछ अन्य लेखकों ने भी लिखा है कि अकबर ने मानसिंह के साथ अपने बेटे सलीम को भी युद्ध में भेजा था। सलीम का जन्म अगस्त 1559 में हुआ था। हल्दीघाटी का युद्ध जून 1576 में हुआ था। इससे साफ जाहिर है कि इस युद्ध के समय सलीम की उम्र सत्रह साल थी। अपने सत्रह साल के बेटे को लड़ाई के मैदान में भेजने की गलती क्या अकबर जैसा समझदार बादशाह कभी करता और वह बेटा, जो उसे बड़ी मन्नतों के बाद मिला था?

मानसिंह कितनी सेना लेकर आया था—इस बारे में कई आँकड़े मिलते हैं। मेवाड़ के ख्यातों के अनुसार मानसिंह 80 हजार की विशाल सेना लेकर आया था, जबकि राणा प्रताप के पास उसका सामना करने

के लिए कुल 20 हजार सैनिक थे। ऐसा प्रतीत होता है कि हल्दीघाटी के युद्ध में राजपूतों की पराजय का कारण उनका इतनी बड़ी सेना से मुकाबला होना ही था। जाहिर है कि यह राजपूतों की वीरता को साहित्यमंडित करने और उनकी पराजय के बावजूद उनके इतनी विशाल सेना से टकराने का साहस दिखाने के लिए किया गया। साथ ही यह भी कहा जाता है कि इनमें से 14 हजार राजपूत मुगलों से लड़ते हुए वीरगति को प्राप्त हुए, किंतु तथ्यों की छानबीन से निष्कर्ष निकलता है कि ये आँकड़े बहुत बढ़ा-चढ़ाकर पेश किए गए हैं। वास्तव में मानसिंह पाँच हजार की सेना लेकर आया था। उसका मुकाबला करने के लिए राणा प्रताप के पास तीन हजार घुड़सवार थे। भीलों की सेना इसके अलावा थी, जिसकी निश्चित संख्या उपलब्ध नहीं है। इतना जरूर कहा जाता है कि इनकी संख्या बहुत अधिक नहीं थी। इस बात पर भी सभी इतिहासकार सहमत हैं कि महाराणा प्रताप की सेना से मुगल सेना की संख्या बहुत अधिक थी, जो सर्वथा युक्तिसंगत प्रतीत होता है।

अकबर ने अपने गुप्तचरों के माध्यम से इस बात का पता लगाने की पूरी कोशिश की थी कि राणा प्रताप के पास कुल कितनी सेना है। निश्चित संख्या कदाचित् उसे नहीं मिली, लेकिन जो अनुमानित संख्या मिली, उससे कहीं अधिक सेना भेजना उसके लिए स्वाभाविक ही था। मानसिंह के पाँच हजार की सेना लेकर आने के तथ्य की पुष्टि एक और बात से भी होती है। मानसिंह को जब अकबर ने मेवाड़ के विरुद्ध जानेवाली सेना का प्रधान सेनापति बनाया तो इसके साथ ही उसे पाँच हजारी मनसबदार का ओहदा भी दिया था।

राणा प्रताप की सेना में मुख्य सेनापति ग्वालियर के रामसिंह तंवर, राव कृष्णदास, झाला मानसिंह, पुरोहित जगन्नाथ, बीदा झाला, रामदास राठौर, चारण जस्सा, हाकिम खाँ सूर, शंकरदास और भील सरदार पुंजा थे। युद्ध के लिए हल्दीघाटी को चुना गया था, जिसकी मिट्टी हल्दी के

रंग की होने के कारण उसका यह नाम हल्दीघाटी पड़ा था। यह मेवाड़ की अति संकीर्ण दर्रोंवाली घाटियों में से एक थी। पर्वतीय वन प्रदेश से घिरी इस घाटी में युद्ध करना राजपूतों के लिए अत्यधिक अनुकूल था। इसके संकीर्ण मार्गों की रक्षा में तैनात थोड़ी सी सेना भी बड़ी-से-बड़ी सेना को आगे बढ़ने से रोक सकती थी और उसे पर्याप्त क्षति पहुँचा सकती थी। यदि राजपूतों को पीछे हटना पड़ता तो वे इन सँकरे पहाड़ी मार्गों पर युद्ध करते हुए बहुत लंबे समय, लगभग अनिश्चित काल तक शत्रु को उलझाए रख सकते थे।

राजपूत सेना गोगूंदा से चलकर हल्दीघाटी पहुँच गई और रणनीति के अनुरूप वहाँ मोरचे जमाकर शत्रु की प्रतीक्षा करने लगी। एक और बात जो राजपूतों के लिए अनुकूल थी, वह थी जून की भीषण गरमी, जिसे सहने के वे आदि थे, लेकिन किसी आक्रामक सेना के लिए इस प्रचंड गरमी में लंबे समय तक युद्ध करना उसे पस्त कर देता। मुगल हालाँकि संख्या में कहीं अधिक थे, लेकिन इन परिस्थितियों में उनके लिए मेवाड़ की सेना का सामना करना कठिन था। इससे स्पष्ट होता है कि मुगलों की अधीनता से इनकार करने और उनका सामना करने का साहस दिखाने में महाराणा प्रताप का राजपूती दंभ नहीं था, जैसा कि कुछ लोग समझते हैं। उसके पीछे ठोस वास्तविकता थी, अपनी सेना की वीरता, मेवाड़ की प्राकृतिक सुरक्षा और अपनी रणनीति पर उन्हें पूरा भरोसा था कि अकबर कितनी भी बड़ी सेना भेज दे, अपनी स्वाधीनता की रक्षा के लिए वे उसका सामना कर सकते हैं।

3 अप्रैल, 1576 को अकबर ने अपने आशीर्वाद के साथ मुँहबोले 'फर्जंद' (पुत्र) मानसिंह को उसकी सेना के साथ मेवाड़ पर आक्रमण करने के लिए अजमेर से रवाना किया। उसकी सेना में पैदल और घुड़सवारों के अलावा हाथी और तोपखाना भी था। अपनी इस सेना के साथ मानसिंह मांडलगढ़ में आकर रुका। वह दो महीनों तक यहाँ छावनी

डाले पड़ा रहा। शायद वह सोचता था कि राणा प्रताप इस लंबी प्रतीक्षा से अपना धैर्य खो देंगे और उस पर मांडलगढ़ में ही आक्रमण करेंगे। वह जहाँ तक हो सके, खुले मैदान में मेवाड़ी सेना का सामना करना चाहता था। भले ही वह मेवाड़ के पर्वतीय प्रदेश के भूगोल से बहुत परिचित न था, पर इतना अवश्य जानता था कि दुर्गम पर्वत-प्रदेश में जहाँ उसका तोपखाना और हाथी व्यर्थ सिद्ध होते, राजपूतों को हराना लगभग असंभव होगा। कुछ इतिहासकारों का यह भी कहना है कि राणा प्रताप की युद्ध की तैयारी की पूरी सूचना पाकर मानसिंह को अपनी सेना अपर्याप्त लगी और उसने सम्राट् अकबर से और सेना भेजने का आग्रह किया था। अब वह मांडलगढ़ में रुककर उस अतिरिक्त सेना के पहुँचने की प्रतीक्षा कर रहा था। इस बात में सच्चाई हो सकती है, क्योंकि हल्दीघाटी के युद्ध के बारे में लगभग सभी इतिहासकार इससे सहमत हैं कि मुगलों की सेना राजपूतों से बहुत अधिक थी। अकबर भी हर कीमत पर मेवाड़ को जीतना चाहता था। अतः उसने मानसिंह के कहने पर और सेना भेजी हो तो कोई बड़ी बात नहीं।

बहरहाल वजह चाहे और सेना के इंतजार की रही हो या राजपूतों के आक्रमण की, दो महीने के बाद जून के आरंभ में मानसिंह ने मांडलगढ़ छोड़ दिया और माही गाँव में आकर पड़ाव डाला। यह सारा क्षेत्र उसे एकदम वीरान मिला, जिसमें घास का एक तिनका तक न था। आक्रमणकारी को कोई स्थानीय सहायता न मिले, इसके लिए उस सेना के सारे रास्ते को खाली कर दिया जाता था, खेतों में आग लगा दी जाती थी और जलाशयों में विष घोल दिया जाता था। इससे मानसिंह परिचित था। इसलिए वह अपनी सेना के लिए पर्याप्त रसद-पानी लेकर चला था और आक्रमण की योजना बनने के साथ ही पीछे से आपूर्ति आने और संचार के लिए उसने व्यापक व्यवस्था कर ली थी। मांडलगढ़ से चलते हुए उसने जहाँ-जहाँ पड़ाव डाले, वहाँ चौकियाँ स्थापित करके सुरक्षा

की पर्याप्त व्यवस्था करता आया था, ताकि राजपूत उस मार्ग से आनेवाली रसद वगैरह छापा मारकर लूट न सकें। जून की भयंकर गरमी से बेहाल अपने सैनिकों और पशुओं को विश्राम देने के लिए अंततः उसने मोलेला गाँव में आकर खेमे गाड़े और सेना की छावनी स्थापित की। बनाम नदी यहाँ से लगभग आधा किलोमीटर दूर बहती थी। अतः यह स्थान सेना के पड़ाव के लिए मानसिंह को उपयुक्त लगा। गरमी के कारण उसका पानी काफी सूख गया था और नदी पतले नाले की तरह हो गई थी, लेकिन फिर भी यह जलस्रोत उनके लिए पर्याप्त था। यहाँ से हल्दीघाटी का मुहाना करीब डेढ़ किलोमीटर की दूरी पर था। मानसिंह ने बनाम नदी के साथ-साथ अपनी सेना को बढ़ाने की नीति अपनाई थी, ताकि इस प्राकृतिक जल-स्रोत का लाभ उसके सैनिकों और पशुओं को मिले।

मानसिंह को अपने संधि-वार्त्ता के लिए मेवाड़ आने के दिनों की याद हो आई, तब वह अमरसिंह के आतिथ्य में ऐसे ही किसी वन प्रदेश में शिकार खेलने गया था। उसने अपने कुछ चुने हुए अंगरक्षकों को साथ लिया और पास के जंगल में शिकार खेलने के लिए निकल पड़ा। उसने इस वन प्रदेश को निरापद समझने की भारी भूल की थी। वह नहीं जानता था कि जंगल का चप्पा-चप्पा वनवासी भीलों की निगरानी में है, जिनकी तीव्र दृष्टि और तीखे बाणों से बचकर कोई नहीं जा सकता। उनके लिए बहुत सरल था कि इस छोटी सी टोली को घेरकर मौत के घाट उतार देते, पर अपने राणा की अनुमति के बिना उन्होंने ऐसा कोई कदम उठाना उचित नहीं समझा। एक भील युवक को तुरंत महाराणा प्रताप को इसकी सूचना देने के लिए दौड़ाया गया। राणा प्रताप ने उसकी बात सुनने पर पल भर सारी स्थिति पर मनन किया और अपना निर्णय सुनाते हुए कहा कि मानसिंह भले ही हमारा शत्रु है पर ऐसी स्थिति में उसे घेरकर मारना कायरता होगी। प्रभु एकलिंग ने चाहा तो युद्ध भूमि में

ललकार कर उसे मारेंगे। किंवदंती के अनुसार इतना ही नहीं, राणा प्रताप के आदेश पर एक तीर के पीछे छोटा सा संदेश लिखकर मानसिंह को शिकार खेलने आई टोली के पास फेंका गया, जिसमें उसे सावधान किया गया था कि इस क्षेत्र में शिकार न खेले, यह उसके लिए प्राणघातक सिद्ध हो सकता है। मानसिंह को तुरंत अपनी भूल का एहसास हो गया। उसने अपने साथियों के साथ घोड़े को एड़ लगाई और सीधे अपनी छावनी में आकर दम लिया।

महाराणा के इस निर्णय पर कहा जाता है कि कुछ भील युवक क्षुब्ध हुए, लेकिन अपने राणा के आदेश की अवहेलना वे नहीं कर सकते थे। अधिकांश राजपूत सामंतों ने राणा प्रताप के इस निर्णय की मुक्तकंठ से प्रशंसा की। यह फैसला आखिर राजपूती आन के अनुरूप था। इस तरह मानसिंह का वध करना उसे धोखे से मारना ही होता, जो राजपूतों ने कभी नहीं किया। युद्ध और प्रेम में सबकुछ जायज होता है, यह नीति अंग्रेजों ने बनाई थी, राजपूतों ने नहीं। अगर उस अवसर का लाभ उठाकर राजपूत मानसिंह को मौत के घाट उतार देते तो संभव है कि अपने प्रधान सेनापति की हत्या से बौखलाए मुगल राजपूतों को दंड देने के लिए हल्दीघाटी के सँकरे पहाड़ी प्रदेश में मोरचे जमाए बैठी मेवाड़ी सेना पर आक्रमण कर देते और इतिहास कुछ और ही होता। सच है, उच्च नैतिकता का पालन करना कभी-कभी बहुत महँगा पड़ता है।

हल्दीघाटी का युद्ध 21 जून, 1576 को प्रातः लगभग 8 बजे आरंभ हुआ था। दोनों पक्षों के प्रधान सेनापतियों महाराणा प्रताप और कुँवर मानसिंह ने अपनी-अपनी सेनाओं का संयोजन परंपरागत युद्ध शैली में किया था, जिसमें हरावल, चंदावल, दक्षिण और वाम पार्श्व होते हैं। हरावल सेना का अग्रिम भाग होता है, चंदावल पिछला भाग। जैसा कि नाम से ही स्पष्ट है दक्षिण और वाम पार्श्व सेना क्रमशः दाएँ और बाएँ

भाग को कहते हैं। प्रधान सेनापति स्वयं इनके केंद्र में होता है। महाराणा प्रताप सिंह ने अपनी सेना के हरावल दस्ते में अपने अत्यंत विश्वस्त सेनापति हाकिम खाँ को तैनात किया था। उसकी सहायता के लिए चूड़ावत कृष्णदास, भीमसिंह, रावत साँगा आदि थे। दक्षिण पार्श्व का नेतृत्व ग्वालियर के राजा रामसिंह तंवर कर रहे थे। उनके साथ सहायता के लिए उनके तीन पुत्र, प्रताप के एक अन्य विश्वस्त सेनापति भामाशाह और उनके भाई ताराचंद थे। वाम पार्श्व मानसिंह झाला के नेतृत्व में था और उनके साथ झाला मान, मानसिंह सोनगरा तथा कुछ अन्य सामंत थे। चंदावल या सेना के पिछले भाग के नेता राणा पुंजा थे। उनके साथ प्रताप के चुने हुए सेनापति और चारण केशव थे। केंद्र में अपने प्रिय घोड़े चेतक पर सवार महाराणा प्रताप थे। भीलों को राणा ने अपने धनुष-बाणों के साथ आस-पास के क्षेत्र की सुरक्षा करने और आवश्यकतानुसार शत्रु पर छापा मारने का काम सौंपा था, जिसका नेतृत्व भील सरदार पुंजा कर रहे थे।

कुँवर मानसिंह ने भी इसी पद्धति से अपना सेना-संयोजन किया था। उसने अपने हरावल दस्ते में राजा जगन्नाथ, आसफ खान और ग्यासुद्दीन को रखा। दक्षिण पार्श्व के नेता सैयद अहमद खान थे और वाम पार्श्व में गाजी खान तथा राय लोन करफा थे। चंदावल दस्ते का नेतृत्व मानसिंह ने मिहतर खान को सौंपा था और आरक्षित सेना का नायक एक और विश्वस्त व योग्य सेनापति माधोसिंह को बनाया था। मुगलों के पास एक बड़ा तोपखाना और कुछ गाड़ियों पर रखी छोटी तोपें थीं, जिन्हें आवश्यकतानुसार इधर-उधर तेजी से ले जाया जा सकता था। यह उनकी बहुत बड़ी शक्ति थी। आमने-सामने की मैदानी लड़ाई में किसी सेना का तोपों की गोलाबारी में टिक पाना लगभग असंभव था।

मेवाड़ की सेना के पास ऐसा कोई तोपखाना नहीं था। अगर उसके

 णा प्रताप

पास दो–चार तोपें होतीं तो उन्हें पहाड़ की ऊँचाई पर लगाकर वहाँ से मुगल सेना पर विध्वंसक गोलाबारी की जा सकती थी। युद्ध में संसाधन और बेहतर हथियारों का बहुत महत्त्व होता है। कुई युद्धों में तो बड़ी सेनाओं के भी तोपों की गोलाबारी के सामने पैर उखड़ते देखे गए। इसीलिए एक अंग्रेज लेखक ने बहुत सही टिप्पणी की थी कि ईश्वर सदा विशाल और शक्तिशाली सेना की तरफ होता है। अब अगर इन आग उगलनेवाले तोपखाने से बचने का कोई उपाय था तो केवल यही कि घाटी के दर्रों में जाकर बैठे रहें और वहीं से शत्रु का सामना करें। योजना तो यही बनी थी, जो सही थी, लेकिन दुर्भाग्यवश ऐसा नहीं हुआ।

21 जून को सुबह–सवेरे तैयारियाँ शुरू हो गईं। सभी पशुओं को उनका चारा खिलाया गया। सैनिकों ने नाश्ता किया और गरमी से राहत के लिए शीतल पेय पिया, फिर सबने अपने–अपने मोरचे सँभाल लिए। सबमें शत्रु का सामना करने के लिए विलक्षण उत्साह था। इनमें बहुत से ऐसे युवक थे, जिनके पिता या निकट संबंधी चित्तौड़ के युद्ध में या उसके बाद हुए नरसंहार में मारे गए थे। वे मुगलों से बदला लेने के लिए बेचैन हो रहे थे। अधिकांश सेना नई भरतीवाली और कम समय में प्रशिक्षण पाई हुई थी। उसे युद्ध का कोई व्यावहारिक अनुभव नहीं था, लेकिन इनमें वीरता की कोई कमी न थी।

मानसिंह और उसके अनेक युद्धों के अनुभवी सिपहसालार अच्छी तरह जानते थे कि दुर्गम पहाड़ी क्षेत्र में राजपूतों से लड़ना अत्यंत कठिन है। वे उन्हें उकसाकर मैदान में लाना चाहते थे। मानसिंह अपनी सेना लेकर मोलेला से आगे बढ़ा। वह हल्दीघाटी के सँकरे मुहाने पर आकर रुक गया। यह एक छोटा मैदान था, जिसे अब बादशाह बाग कहते हैं। धनुषाकार पहाड़ियों से घिरे इस मैदान की आगे की ऊबड़–खाबड़ धरती पर भी युद्ध करना मुगल सेना के लिए बहुत सुविधाजनक तो न

था, लेकिन पहाड़ियों में मोरचा जमाए राजपूतों से लड़ने से कहीं बेहतर था। मानसिंह यहीं रुककर राजपूतों के आक्रमण का इंतजार करने लगा। उसे उम्मीद थी कि राजपूत शत्रु सेना को देखकर जोश में आ जाएँगे और पहाड़ी दर्रों की अपनी सुदृढ़ मोरचाबंदी छोड़कर उस पर आक्रमण करने की गलती जरूर करेंगे।

मानसिंह अपनी चाल में सफल रहा। राजपूतों ने अपना संयम खो दिया। अब उनसे और इंतजार न हो सका। उनकी ओर से रणभेरी गूँजी, मेवाड़ का झंडा फहराता एक हाथी घाटी से निकलकर सामने आया। इसके साथ ही हाकिम खाँ सूर अपने हरावल दस्ते के साथ प्रकट हुआ और आनन-फानन में मुगलों की सामने की रक्षा-पंक्ति पर टूट पड़ा। भयंकर मारकाट मच गई। मानसिंह की मुख्य सेना ने जहाँ मोरचे जमाए थे, बादशाह बाग का वह स्थान अपेक्षाकृत समतल था, लेकिन उसके आगे की जमीन पथरीली और ऊबड़-खाबड़ थी, जिस पर युद्ध करने के मुगल सैनिक अभ्यस्त नहीं थे। राजपूतों के लिए यह कोई कठिनाई नहीं थी।

प्रताप के हरावल दस्ते का धावा इतना तीव्र था कि देखते-ही-देखते मुगल सेना के पैर उखड़ गए। बहुत से सैनिक तो पथरीली धरती पर अपना संतुलन कायम न रख पाने के कारण मारे गए। यह देखकर राजपूतों का उत्साह दोगुना हो गया। राणा प्रताप को भी किसी बड़े युद्ध का अनुभव न था। अपनी हरावल सेना की सफलता से उत्साहित होकर वे अनुभवी सेनापतियों की बनाई सारी रणनीति भूल गए और पहाड़ी के सुरक्षित मोरचे को छोड़कर अपनी समस्त सेना के साथ मैदान में उतर आए। यह भारी भूल थी, जिसकी कीमत राजपूतों को पराजय के रूप में चुकानी पड़ी।

मुख्य सेना आते ही बादशाह बाग की समतल भूमि पर मोरचे जमाए खड़ी मुगल वाहिनी पर टूट पड़ी। हालाँकि यह स्थान युद्ध के

लिए मुगलों के भी अनुकूल था, फिर भी आक्रमण इतना तीव्र था कि उनके लिए अपने स्थान पर जमे रहना कठिन हो गया। मानसिंह के दाहिने पार्श्व पर राजपूतों का जबरदस्त दबाव पड़ा। राय लूनकरण और उनके साथी सेनापति जान बचाकर भाग खड़े हुए। मानसिंह की मुख्य सेना के लिए भी पाँव जमाना मुश्किल हो रहा था। उसके कुछ सैनिक भी घबराकर 10-12 कोस की दूरी तक भागते चले गए। ऐसा लगता था कि राजपूतों की जीत निश्चित है।

मुगल सेना पीछे हट रही थी। अपनी पहाड़ी की मोरचाबंदी में राजपूतों के लौटने का तो सवाल ही अब नहीं था। वे जोश से उसका पीछा कर रहे थे। अगर लौटते या रुकते तो मुगलों के पुनर्गठित होने की आशंका थी। लड़ते-लड़ते वे कुछ पीछे उस स्थान पर पहुँच गए जिसे खून की तलाई कहते हैं। यह बनाम नदी के तट पर है। मुगल सेना छिन्न-भिन्न हो रही थी। भारी मारकाट मची थी। मुगल बड़ी बहादुरी से राजपूतों का मुकाबला कर रहे थे। मानसिंह के अधीन मुख्य सेना भी उसके नेतृत्व में डटी थी। हालाँकि उसके भी कुछ सैनिक भाग रहे थे। आसफ खाँ ने तोपों की निरंतर गोलाबारी से अपने स्थान पर राजपूतों की बाढ़ को रोक रखा था। उसकी छोटी सचल तोपें जहाँ राजपूतों का भारी दबाव था, उस पर गोले बरसाकर उसे छिन्न-भिन्न करने का प्रयास कर रही थीं, फिर भी राजपूत मुगलों पर हावी हो रहे थे।

अपनी सेना की यह दुर्दशा देखकर मुगलों के चंदावल दस्ते का प्रमुख मिहतर खान अपनी टुकड़ी को लेकर आगे आया। अनेक युद्धों का अनुभवी मिहतर खान समझ गया था कि जब तक भागती हुई फौज को रोका नहीं जाता, जीतना असंभव है। उसने एक चाल चली, तुरंत ढोल बजवाकर झूठी मुनादी करवा दी कि खुद शहंशाह अकबर एक बड़ी सेना के साथ युद्ध में पहुँच चुके हैं। इससे भागती सेना के पैर फिर से जम गए।

पर्वतीय प्रदेश के सुरक्षित मोरचे बहुत पीछे छूट गए थे। युद्ध बादशाह बाग से बनाम के किनारे पर पहुँच गया था। अपनी पूरी ताकत से मुगलों से भिड़ने के कारण राजपूत थकने लगे थे। ऐसे में भागती मुगल सेना के पैर जमने और मिहतर खान के ताजादम दस्ते के आक्रमण ने अपना असर दिखाया। तोपों की गोलाबारी जो कहर ढा रही थी, सो अलग। मुगलों को भी भीलों की अचूक तीरंदाजी ने कम बेहाल नहीं किया था। अपने राणा के लिए वे बड़ी वीरता से लड़ रहे थे, हालाँकि उनको भी पहाड़ों की सुरक्षा से तीर चलाने की सुविधा अब नहीं थी।

युद्ध में थोड़ी स्थिरता आने पर और मिहतर खान की चाल की सफलता देखकर मानसिंह ने अपनी दूसरी सोची-समझी चाल पर अमल किया। अपने हाथी को आगे बढ़ाता हुआ वह राणा प्रताप के सामने पहुँच गया। उसे देखते ही राणा प्रताप का खून खौल गया। उस जातिद्रोही को दंड देने के लिए वे तेजी से आगे बढ़े। राणा प्रताप के इशारे पर उनके सधे हुए घोड़े चेतक ने अपने दोनों अगले पैर मानसिंह के हाथी के मस्तक पर जमा दिए। राणा प्रताप ने अपने भाले से मानसिंह पर प्रहार किया, लेकिन मानसिंह जल्दी ही होदे की ओट में छिप गया। भाले के प्रहार से घायल होकर उसका महावत गिर पड़ा और उसके प्राण पखेरू हो गए। महावत के बिना हाथी चिंघाड़ता हुआ भाग खड़ा हुआ। इस युद्ध में एक दुखद घटना यह घटी कि हाथी पर अपने पैर जमाने के प्रयास में चेतक का एक पैर उसकी सूँड़ में बँधी दोधारी तलवार से बुरी तरह घायल हो गया था। अब वह पहले जैसे फुरती से नहीं लड़ सकता था, फिर भी वह अपने स्वामी के आदेश का यथासंभव पालन कर रहा था।

मानसिंह तो भाग गया, लेकिन पूर्व नियोजित रणनीति के अनुसार उसके चुने हुए सैनिकों के अंगरक्षक दस्ते ने राणा प्रताप को चारों ओर से घेर लिया। मानसिंह ने यह योजना इसलिए बनाई थी कि अगर युद्ध

में राणा प्रताप इस तरह मारा जाता है तो उसे अपने अपमान का बदला तो मिल ही जाएगा। इसके साथ ही अपने महाराणा को मरते देख राजपूत सेना के हौसले भी पस्त हो जाएँगे और वह युद्ध क्षेत्र से भाग खड़ी होगी। उधर हाकिम खाँ सूर और झाला मान की नजर राणा प्रताप की तरफ ही थी, उन्होंने अपने राणा को संकट में देखा तो वे मानसिंह के अंगरक्षक दस्ते पर टूट पड़े। भयंकर मारकाट मचाते हुए शत्रु की रक्षा पंक्ति को चीरते वे लगातार आगे बढ़ रहे थे। झाला मान अत्यंत वीरता से लड़ता हुआ राणा प्रताप के पास पहुँच गया। पहुँचते ही उसने आग्रह किया, ''अन्नदाता, आप अपना छत्र और पताका मुझे दे दें और युद्ध क्षेत्र से सुरक्षित निकल जाएँ।''

''यह तो कायरता होगी।'' प्रताप बोले।

''मेवाड़ को आपकी आवश्यकता है। अपने लिए नहीं अपनी मातृभूमि की स्वतंत्रता का संघर्ष जारी रखने के लिए आप अभी निकल जाइए।'' इतना कहते हुए उसने राणा प्रताप को और कुछ कहने का अवसर न देकर उनकी पताका और छत्र स्वयं ले लिया। प्रताप ने घायल चेतक को मोड़ा, कृतज्ञता से एक बार झाला को देखा और निराश भाव से युद्धभूमि से निकल पड़े।

मुगल सैनिकों ने पताका और छत्र देखकर झाला को राणा प्रताप समझ लिया। वे उन पर टूट पड़े। झाला और उनके साथ के सैनिक बड़ी वीरता से लड़े, लेकिन मुगलों की बहुत बड़ी संख्या से लड़ते-लड़ते अंततः वीरगति को प्राप्त हुए। इसके साथ ही महाराणा के छत्र और पताका का भी पतन हो गया।

झाला मान को राणा समझने की भूल केवल मुगल सैनिकों से ही नहीं हुई। राजपूत सैनिकों ने भी ध्वज और पताका के साथ अश्वारोही को गिरते देख समझ लिया कि महाराणा प्रताप युद्ध में मारे गए। इससे उनके हौसले पस्त हो गए। अकबर के बड़ी सेना लेकर आने की अफवाह

जिन राजपूतों के कानों में पड़ी थी, वे भी निराश हो गए। उन्हें लगा कि पहले ही मुकाबले की टक्कर हो रही थी। अब नई सेना का सामना करना तो संभव न होगा। देखते-ही-देखते राजपूत पिछड़ने लगे। जिन राजपूत सैनिकों ने अपने प्रधान सेनानायक महाराणा प्रताप को चेतक पर जाते देख लिया था, वे भी युद्धभूमि से हटने लगे। घायल अश्व पर बैठे घायल प्रताप उस समय उन्हें कोई निर्देश देने की स्थिति में भी न थे। छिन्न-भिन्न हो चुकी राजपूत सेना पीछे हट गई। दोपहर तक मुगलों ने यह लड़ाई जीत ली थी, लेकिन जैसा कि अकसर होता है, उन्होंने पीछे हटती सेना का पीछा नहीं किया। उस दिन के कड़े मुकाबले के बाद उनमें इतनी ताकत बाकी न थी कि उनके पीछे भागते। इसके अलावा मानसिंह जानता था कि पीछे हटते हुए राजपूत अपने पहाड़ी मोरचों की सुरक्षा की शरण लेंगे। अपनी थकी-हारी सेना को उनके पीछे भेजना मौत को दावत देना था। पहले ही अपनी वीरता के जौहर दिखाकर उन्होंने मुगल सेना का कम विध्वंस नहीं किया था।

सवार और घोड़ा दोनों घायल थे। चेतक की एक टाँग में तलवार का गहरा घाव लगा था। राणा प्रताप के शरीर पर अनेक जगह घाव हो गए थे, जिनसे रक्त बह रहा था। वे बेहद थके हुए थे। उन्होंने अपना घोड़ा बालिया गाँव की तरफ मोड़ दिया, जो रक्त-तालाब से लगभग दो मील की दूरी पर था।

दो मुगल घुड़सवारों ने झाला सरदार को राणा का छत्र एवं पताका लेते हुए और महाराणा को वहाँ से निकलते देख लिया था। उन्होंने उनका पीछा करना आरंभ कर दिया। उन्हें राणा प्रताप को मारने में सफल होने पर बहुत बड़ा इनाम मिलने का लालच जो था। सम्राट् अकबर ने भी आदेश दिया था कि इस युद्ध में राणा प्रताप को जीवित न छोड़ा जाए। घायल प्रताप की हत्या करने में उन्हें कोई कठिनाई नहीं दिखाई दी।

राणा का रूठा हुआ भाई शक्तिसिंह भी इस युद्ध में मानसिंह के कहने पर उसके साथ आया था। मानसिंह उसे यह कहकर लाया था कि राणा द्वारा मेरे और तुम्हारे अपमान का बदला लेने का समय आ गया, लेकिन लड़ाई के मैदान में आकर उसे अपने ऊपर ग्लानि हो रही थी। उसकी समझ में नहीं आ रहा था कि मेवाड़ की स्वाधीनता के लिए लड़नेवाले अपने बड़े भाई के विरुद्ध तलवार कैसे उठाए। उसमें व्यक्तिगत वीरता की कमी न थी, लेकिन युद्ध में राजपूतों पर वार करने के बजाय उसने केवल अपनी रक्षा करने के लिए ही तलवार चलाई।

शक्तिसिंह की नजर युद्धभूमि से निकलकर जाते हुए अपने घायल बड़े भाई पर थी। उसने देखा कि मुगल सेना के दो घुड़सवार उनका पीछा कर रहे हैं। शक्तिसिंह ने तुरंत अपना घोड़ा उनके पीछे दौड़ाया। वे प्रताप से थोड़ी दूरी पर पहुँच चुके थे। राणा ने भी देख लिया था कि उनका पीछा हो रहा है। इतने में उन्होंने देखा कि एक घुड़सवार तेजी से आया। उसकी इनसे कुछ बातचीत हुई। इसके बाद उस घुड़सवार ने अचानक वार करके उनमें से एक असावधान मुगल सैनिक का सिर धड़ से अलग कर दिया। दूसरे ने सावधान होकर उसका सामना किया, लेकिन दोनों का कोई मुकाबला न था। इस घुड़सवार ने जरा देर में ही पैंतरा बदलकर वार किया और उस मुगल सैनिक का सिर भी जमीन पर लोटने लगा।

महाराणा प्रताप अपने रास्ते पर आगे बढ़ने लगे तो उस घुड़सवार ने आवाज दी, "ओ नीले घोड़े के सवार, ठहर जा।"

राणा प्रताप ने चेतक को मोड़ा और तलवार तानकर खड़े हो गए, लेकिन वह पास आकर शीघ्रता से अपने घोड़े से उतरा और अपनी तलवार राणा के कदमों में रख दी।

"शक्तिसिंह, तुम?" महाराणा के मुख से अचानक निकला। वह दूर से अपने भाई को पहचान नहीं पाए थे। तुरंत घोड़े से उतर पड़े। उत्तर

मे शक्तिसिंह के मुँह से केवल इतना निकला, "भैया!" बाकी सबकुछ उसके आँसुओं और रुँधे गले ने कह दिया।

बरसों से बिछड़े दोनों भाई गले मिले।

"आप यहाँ रुकें नहीं, हो सकता है कुछ और मुगल सैनिक आपको खोजते हुए इधर आ जाएँ।" शक्तिसिंह बोला। तब तक चेतक धड़ाम से धरती पर गिर पड़ा। थोड़ी ही देर में उसने दम तोड़ दिया। शक्तिसिंह ने राणा को अपना घोड़ा दिया और एक बार फिर जल्दी से निकल जाने को कहा। उसने मृत सिपाहियों में से एक का घोड़ा लिया और तेजी से मुगल छावनी की तरफ चल पड़ा। कहते हैं कि वहाँ जाकर शक्तिसिंह ने सफाई दी कि राणा प्रताप ने उनका पीछा करनेवाले दोनों सवारों को मार डाला। उसने मुझ पर वार किया जिससे घायल होकर मेरा घोड़ा मर गया। मैं बचकर एक मृत सिपाही के घोड़े पर सवार होकर इधर चला आया। मानसिंह को भले ही यह कहानी हजम न हुई हो, पर उसने कुछ कहा नहीं। शायद वह मन-ही-मन भाई की सहायता करने के लिए शक्तिसिंह की प्रशंसा कर रहा था।

मानसिंह ने जिन कारणों से भी शक्तिसिंह की संदेहास्पद कहानी को स्वीकार कर लिया। अकबर को उससे बहुत असंतोष हुआ। वास्तविकता समझने में उसे देर नहीं लगी, पर वह भी शक्तिसिंह को नाराज नहीं करना चाहता था। अगर बादशाह उसे दंड देना भी चाहता तो किस आधार पर? केवल संदेह था, कोई ठोस प्रमाण नहीं। उसने हुक्म दिया कि शक्तिसिंह को सेना से अलग कर दिया जाए।

छोटी सी बात पर भाई से झगड़कर शत्रुओं से मिल जाने की ग्लानि अंदर-ही-अंदर शक्तिसिंह को कचोट रही थी। आखिरकार उसने अपने चुने हुए राजपूत साथियों को साथ लेकर वहाँ से मेवाड़ लौट जाने का फैसला कर लिया। उसे लगा कि खाली हाथ महाराणा से मिलना उचित न होगा। अतः एक छोटी सेना एकत्र करके उसने माइनासोर के दुर्ग पर

आक्रमण करके उसे अपने अधिकार में ले लिया। मेवाड़ आकर महाराणा प्रताप से मिलने पर उसने यह किला उन्हें भेंटस्वरूप दिया।

स्वभाव से विनम्र, सबके प्रति प्रेम भाव रखनेवाले राणा प्रताप ने सूअर के शिकार को लेकर हुए विवाद या उसके परिणामस्वरूप कुलपुरोहित की आत्महत्या के कारण शक्तिसिंह को देशनिकाला नहीं दिया था। वे तो अपने प्रति उसकी घोर ईर्ष्या के कारण सशंकित रहते थे कि कभी कोई बड़ा षड्यंत्र न रच डाले। हल्दीघाटी के मैदान से लौटते समय जिस तरह शक्तिसिंह ने उनकी सहायता की थी, उससे सिद्ध हो गया था कि अब उसके मन में मैल नहीं है। प्रताप ने भाई को प्रेम से गले लगा लिया और उसका जीता हुआ दुर्ग उसे ही जागीर के रूप में वापस लौटा दिया। जिन भाइयों में इतनी दुश्मनी हो गई थी कि एक रुष्ट होकर शत्रु के खेमे में चला गया, अब उनमें सगे भाइयों जैसा प्रेम हो गया। राणा प्रताप ने जब पर्वतों में जगह-जगह अपने स्थान बदलकर मुगलों के विरुद्ध छापामार युद्ध करने की योजना बनाई तो उन्होंने अपने बेटे अमरसिंह के परिवार तथा अन्य परिजनों को साथ रखा। लेकिन अपनी वृद्ध माता जैवंताबाई को इस तरह से भटकने का कष्ट न हो, यह सोचकर माइनसोर के किले में शक्तिसिंह के पास भेज दिया। शक्तिसिंह उदयसिंह की दूसरी रानी सज्जाबाई का पुत्र था, पर उसने अपनी विमाता जैवंताबाई का भरपूर आदर-मान किया और उनकी सुख-सुविधा का सारा प्रबंध कर दिया। कहते हैं जैवंताबाई भी वहाँ आकर बहुत खुश थीं, क्योंकि वह बेटे शक्तिसिंह से भी प्रताप की तरह ही स्नेह करती थीं।

□

8

हल्दीघाटी के बाद

हल्दीघाटी के युद्ध में मानसिंह के नेतृत्ववाली मुगल सेना की जीत हुई थी। इस तथ्य से लगभग सभी इतिहासकार सहमत हैं, लेकिन अपवादस्वरूप एकाध ने यहाँ तक लिखा कि राजपूत विजयी रहे। क्या यह राणा प्रताप के प्रति अंधभक्ति के कारण ऐतिहासिक तथ्य को झुठलाने का हास्यास्पद प्रयास था? बात दरअसल यह है कि राजपूतों को विजयी बताने में अतिशयोक्ति भले ही हो, यह बिलकुल निराधार नहीं था। कारण यह है कि हल्दीघाटी के युद्ध को निर्णायक नहीं कहा जा सकता। यह युद्ध दो उद्देश्यों को लेकर मुगलों ने लड़ा था—राणा प्रताप को जीवित या मृत बादशाह अकबर के सामने पेश करने के लिए और मेवाड़ पर अधिकार करके उसे मुगल साम्राज्य में मिलाने के लिए। ये दोनों उद्देश्य पूरे नहीं हुए। मैदानी युद्ध में मुगलों का सामना न कर पाने के कारण राजपूत सेना पीछे तो हट गई, पर मानसिंह के हाथ कुछ न लगा। इससे इतना तो स्पष्ट है कि युद्ध अनिर्णीत रहा। अगर यह कहा जाए कि इसमें न किसी की हार हुई और न जीत, तो शायद बहुत गलत न होगा, क्योंकि पीछे हटने के बाद राजपूतों ने हार नहीं मानी और अपना संघर्ष जारी रखा।

स्वयं शहंशाह अकबर युद्ध के परिणाम से असंतुष्ट था। अगर वह

इसे विजय मानता तो युद्ध से लौटे अपने प्रधान सेनापति मानसिंह का स्वागत करता और उसे पुरस्कृत करता, जैसा कि वह अन्य युद्धों को जीतकर मानसिंह के लौटने पर करता आया था। इसके विपरीत मानसिंह की असफलता से खीजकर उसने उससे मिलने से इनकार कर दिया और दंडस्वरूप दो साल तक उसके शाही दरबार में आने पर पाबंदी लगा दी। कोई अपने विजयी सेनापति के साथ ऐसा करता है क्या? वह भी अकबर जैसा नीति-निपुण सम्राट्? जाहिर है कि उसने इस युद्ध को अपनी हार नहीं तो जीत भी नहीं माना।

राजपूतों ने अपनी गलती से सबक सीख लिया था। उन्होंने तय कर लिया कि भविष्य में कभी विशाल मुगलवाहिनी से खुले मैदान में नहीं लड़ेंगे। आमने-सामने की लड़ाई के बजाय उन्होंने छापामार युद्ध की पद्धति अपनाने की योजना बनाई। यहाँ सवाल उठता है कि हल्दीघाटी के युद्ध से पूर्व हुई मंत्रणा में जब यह तय हो गया था कि मुगलों से संकीर्ण घाटी की पर्वतीय ऊँचाइयों पर रहकर मुकाबला किया जाएगा तो फिर राणा प्रताप ने अपने सुदृढ़ मोरचे छोड़कर खुले में आकर युद्ध क्यों किया? जबकि इस युद्ध की सारी योजना और मोरचाबंदी स्वयं उन्होंने अपने निर्देशन में कराई थी।

अनेक इतिहासकारों ने इसे राणा प्रताप की बहुत बड़ी भूल कहा है। उन्होंने टिप्पणी की है कि आवेश में आकर राणा अपनी मजबूत मोरचाबंदी छोड़कर सामने मैदान में खड़ी मानसिंह की सेना पर टूट पड़े। बड़े-से-बड़े संकट में धैर्य न खोने वाले राणा प्रताप भली-भाँति यह जानते हुए कि उनके वीर सेनानी तोपों की मार की हद में आ जाएँगे, ऐसा कैसे कर सकते थे? कोई भी सेनापति अपनी पहले से सुविचारित योजना को ताक पर रखकर आत्मघाती आदेश नहीं देता। ऐसा प्रतीत होता है कि उनके कई सामंत आत्मनियंत्रण खो बैठे थे। उन्हें अपनी शक्ति और वीरता पर आवश्यकता से अधिक विश्वास था। शत्रु

को सामने देखकर भी अपने मोरचों पर डटे रहना उन्हें कायरता लगी। यह नई बात थी, जिनके वे अभ्यस्त न थे। युद्ध-मंत्रणा के समय भी उन्होंने इसके प्रति अपना मतभेद प्रकट किया था। हरावल दस्ते के साथ ही वे भी मोरचों से निकलकर मुगलों पर टूट पड़े। उसके बाद राणा प्रताप के पास शेष सेना को उनकी सहायता के लिए मैदान में उतारने के अलावा कोई विकल्प नहीं था।

परिणाम घातक हुए, लेकिन तब भी उन्होंने एक समझदारी दिखाई। युद्ध-क्षेत्र में कट मरने की राजपूती परंपरा के विरुद्ध उन्होंने झाला सरदार के अत्यंत आग्रह पर ही सही, वहाँ से हट जाने का निर्णय लिया। अत्यंत घायल अवस्था में वे अधिक-से-अधिर चार-छह मुगल सिपाहियों को मार तो सकते थे। उसके बाद वीरगति को प्राप्त होते तो बाद में मेवाड़ की स्वाधीनता के लिए उन्होंने जो संघर्ष किया, वह कौन करता? अमरसिंह उनका योग्य और वीर उत्तराधिकारी था, पर न तो उसका ऐसा व्यक्तित्व था, जो सबको पूर्ण सहमति के साथ अपने झंडे तले रख पाता और न ही स्वाधीनता के प्रति इतनी प्रतिबद्धता। प्रताप का युद्धक्षेत्र से हट जाना अन्य राजपूतों के लिए भी यह संकेत था कि अब और लड़कर युद्ध का परिणाम बदला नहीं जा सकता है। बेहतर यही था कि युद्धक्षेत्र से हट जाएँ और पुनः संगठित होकर शत्रु से लोहा लें, जैसा कि उन्होंने आगे किया भी। इस दृष्टि से भी हल्दीघाटी के युद्ध को निर्णायक नहीं कहा जा सकता, क्योंकि मुगलों से पहली टक्कर में वे विजयी रहे थे। मुगल सेना पीछे हटी थी। उसके बाद मुगलों का पलड़ा भारी हो गया और राजपूतों को हटना पड़ा। इस मैदान में वे परास्त हुए, लेकिन शीघ्र ही पुनर्गठित होकर उन्होंने फिर संघर्ष किया। अत: ऐतिहासिक दृष्टि से इसे एक अनवरत संघर्ष के रूप में देखा जा सकता है—जिसके एक मोरचे पर हल्दीघाटी के अनिर्णीत युद्ध में तकनीकी दृष्टि से मुगल सेना विजयी रही।

हल्दीघाटी से निकलने के बाद राणा प्रताप ने तनिक भी विश्राम नहीं किया। शक्तिसिंह के अश्व पर आरूढ़ होकर वह कोल्यारी गाँव पहुँचे और तुरंत आदेश दिए, कि युद्ध में घायल हुए सभी सैनिकों की चिकित्सा की व्यवस्था की जाए। जो सैनिक युद्धभूमि से हटे थे, उन्हें भी वहाँ एकत्रित होने का आदेश राणा ने दिया। आदेशानुसार घायलों को कोल्यारी में स्थापित किए गए एक चिकित्सा शिविर में लाया गया। यहाँ राणा के प्राथमिक उपचार के साथ उन सबका भी उपचार किया गया। जिन्हें केवल मरहम-पट्टी की आवश्यकता थी, उन्हें अपने-अपने घरों में जाकर स्वास्थ्य लाभ होने तक विश्राम का आदेश दिया गया। जिन्हें लंबे इलाज की जरूरत थी, उनकी चिकित्सा और देखभाल की पूरी व्यवस्था महाराणा ने की।

यहाँ के प्रबंध से फुरसत पाकर राणा प्रताप गोगूंदा पहुँचे। वहाँ उन्हें समाचार मिला कि मानसिंह हल्दीघाटी से हटने के बाद गोगूंदा आ रहा है। वह सझेरा की तरफ निकल गए, जहाँ भील सरदार एकत्र होकर उनके भावी आदेश की प्रतीक्षा कर रहे थे। राणा ने भील सरदारों का धन्यवाद किया और युद्ध में अपूर्व वीरता का प्रदर्शन करने के लिए सभी भीलों की मुक्त कंठ से प्रशंसा की। उन्होंने कहा कि युद्ध समाप्त नहीं हुआ है, आरंभ हुआ है, जिसकी पहली झपट में उनकी सेना को आघात पहुँचा है, किंतु भविष्य में ऐसी गलती कभी दोहराई नहीं जाएगी। राणा ने भीलों को पुनर्गठित होकर भावी आदेश की प्रतीक्षा करने के लिए कहा।

मानसिंह खरामा-खरामा गोगूंदा की तरफ आ रहा था। उसके सैनिक लड़ाई की थकान से बेहाल थे। वह बाज की तरह गोगूंदा पर झपटा और 23 जून, 1576 को गोगूंदा पर अधिकार कर लिया। हल्दीघाटी की लड़ाई में राणा प्रताप को मारने या पकड़ने में वह असफल रहा था। उसने सोचा कि अब भी अगर राणा प्रताप हाथ आ जाएँ तो उसकी

असफलता का कलंक धुल जाएगा और उसके फूफा शहंशाह अकबर की खुशी का पारावार न रहेगा, लेकिन वहाँ पहुँचने पर उसे असफलता ही हाथ लगी।

कुछ इतिहासकारों ने टिप्पणी की है कि कुँवर मानसिंह राजपूत होने के नाते प्रताप को गिरफ्तार नहीं करना चाहता था। इस बात में सच्चाई नहीं दिखती। अगर ऐसा ही था तो उसने अकबर से आग्रह करके राणा के विरुद्ध युद्ध में सेना की कमान क्यों सँभाली? अगर ऐसा ही था तो उसने युद्ध के दौरान पूर्व निर्धारित योजना के अनुसार राणा प्रताप के सामने अपना हाथी लाकर उन्हें क्यों उकसाया? अगर ऐसा ही था तो हल्दीघाटी की लड़ाई के तीसरे ही दिन गोगूंदा पहुँचकर उस पर अधिकार करने की जल्दबाजी क्यों दिखाई? दरअसल वह मुगलों का चाकर था। उसके पुरखों ने राणा कुंभा, राणा साँगा और फिर राणा उदयसिंह के दरबार में हाजिरी भरी थी। सिसौदिया राजपूतों से ईर्ष्या के चलते ही उसके पिता राजा भगवानदास कछवाहा मुगलों की शरण में गए। बारह साल के मानसिंह को उन्होंने अकबर की सेवा में भेज दिया था। इसकी रग-रग में अकबर के प्रति स्वामिभक्ति थी, जिसके राज्य के विस्तार के लिए उसने अनेक लड़ाइयाँ लड़ीं। अकबर के बाद शहजादा सलीम जब जहाँगीर के नाम से तख्त पर बैठा तो मानसिंह उसकी भी चाकरी में रहा।

गोगूंदा पहुँचने के बाद मानसिंह ने पड़ाव डाला और भावी योजना पर विचार करने लगा कि किस तरह राणा प्रताप का पता लगाकर उन्हें पकड़ा जाए या मौत के घाट उतार दिया जाए, पर गोगूंदा में उसकी सेना पर क्या आफत आनेवाली है, इसका अनुमान मानसिंह को न था। जब वास्तविकता सामने आई तो हल्दीघाटी की विजय का सारा नशा चूर हो गया। अव्वल तो गोगूंदा के आस-पास का अधिकांश क्षेत्र अंजर-बंजर था। जहाँ कुछ खेती नहीं होती थी, वह सारा इलाका राणा प्रताप

के आदेश से फूँक दिया गया था। अब वहा जला हुइ धरती के सिवा कुछ न था। साथ लाई रसद खत्म हो चुकी थी। राणा प्रताप के छापेमार दस्तों ने बाहर से रसद मँगाने के सब जरिए खत्म कर दिए थे। राजपूत चंद दिनों में ही इस तरह सक्रिय हो जाएँगे, इसकी उसने कल्पना तक न की थी।

मानसिंह और उसके सिपहसालारों ने समझा था कि हल्दीघाटी की पराजय से राजपूतों के हौसले पस्त हो जाएँगे और वे कम-से-कम कुछ बरसों तक सिर उठाने लायक न रहेंगे। दरअसल इसके ठीक विपरीत हुआ था। महाराणा, उनके सामंतों और वीर सैनिकों का उत्साह हल्दीघाटी के युद्ध के बाद बहुत बढ़ गया था। इस प्रत्यक्ष अनुभव ने उन्हें बता दिया था कि मुगलों से टक्कर लेना मेवाड़ के लिए संभव है। हल्दीघाटी में ही अगर उन्होंने मैदान में उतरकर शत्रु का सामना करने की गलती न की होती तो विजय उनकी ही होती। उन्होंने अपनी योजना बदल ली थी और चंद दिनों में ही फिर संगठित होकर छापामार युद्ध आरंभ कर दिया था।

आस-पास कोई उपज न थी। बाहर से रसद आने के मार्गों पर महाराणा की छापामार टुकड़ियाँ नजर गड़ाए हुए थीं। बंजारे या दूसरे अनाज बेचनेवाले न जाने कहाँ अदृश्य हो गए थे। मानसिंह के सैनिक भूखे मरने लगे। आस-पास आम की फसल थी। उसे खाकर और जानवरों का मांस खाकर वे अपना पेट भर रहे थे। जब पके आम खत्म हो गए तो भूख से बेहाल सिपाहियों ने कच्ची केरियाँ खाकर गुजारा किया। इससे बहुत से सिपाही बीमार पड़ गए।

एक तो खानें के लाले पड़ गए थे, ऊपर से दिन-रात यह भय सताता रहता था कि न जाने कब राणा प्रताप अपनी सेना लेकर उन पर अचानक हमला कर दें। डर के मारे मानसिंह ने गाँव के चारों तरफ गहरी नींव खुदवाकर ऊँची दीवार खड़ी करवा दी थी। इस तरह से उसे

एक अस्थायी किले का सा रूप दे दिया था। आक्रमण की सूचना देने के लिए दूर-दूर तक छोटी चौकियाँ तैनात करके पहरे की व्यवस्था कर दी थी। गोगूंदा पर तो हमला न हुआ, पर आस-पास राजपूतों के छोटे-मोटे छापे मारने के समाचार मिलते रहते थे।

यह अभूतपूर्व था। अब तक का इतिहास बताता था कि एक बार हारने के बाद राजपूत जल्दी सिर नहीं उठाते थे। उठाते भी कैसे? अपने से चौगुनी सेना के साथ भी टकराने से वे हिचकिचाते नहीं थे। उनकी स्त्रियाँ जीवित चिता में जलकर प्राण दे देती थीं और वे केसरिया बाना पहनकर शाका कर लेते थे—यानी एक-एक राजपूत अनेक शत्रुओं को मारकर अपने प्राण दे देता था। पूरी एक युवा पीढ़ी इस तरह कटकर मर जाती थी, फिर दूसरी पीढ़ी के युवा होने तक कौन सिर उठाता? दूसरी पीढ़ी भी लड़ने के लिए इसलिए उपजती थी कि सभी गर्भवती स्त्रियों को जौहर से बचा लिया जाता था। युद्ध की थोड़ी भी आशंका होने पर उन्हें प्रायः किसी सुरक्षित स्थान पर भेज देते थे।

राणा प्रताप के समय में और उसके बाद न कोई जौहर हुआ और न शाका। पुरखों की चलाई नीति की खामी उन्होंने समझ ली थी। इरादा तो उनका हल्दीघाटी की लड़ाई भी छापामार पद्धति से पहाड़ों के सँकरे रास्तों पर लड़ने का था। वह न हुआ तो उससे सबक सीखने के बाद अब राजपूत इस रणनीति पर चल पड़े थे, जिससे पार पाना विशाल मुगल साम्राज्य के लिए भी दूभर ही नहीं असंभव सिद्ध हुआ। किसी तरह दिन कट रहे थे। मानसिंह को समझ में नहीं आ रहा था कि किसी ठोस परिणाम के बिना शहंशाह अकबर के सामने कैसे जाए। आखिर वह उसके आदेश को पूरा नहीं कर पाया था।

इस बीच जरूरी था कि अकबर को हल्दीघाटी के युद्ध का सारा समाचार दिया जाए। इस काम के लिए शाही इतिहासकार बदायूँनी को बादशाह के पास भेजने का फैसला किया गया। इस युद्ध में राणा प्रताप

का एक प्रिय हाथी भी मुगलों ने पकड़ लिया था। सोचा गया कि बदायूँनी के साथ उसे भी सम्राट् के पास तोहफे के तौर पर भेज दिया जाए। बदायूँनी को एक छोटे दल के साथ रवाना कर दिया गया। उसने वहाँ जाकर लड़ाई का सारा हाल और मुगल सेना की विजय का समाचार अकबर को दिया। बादशाह हाथी पाकर तो खुश हुआ, लेकिन विजय के समाचार से उसे तनिक भी संतोष नहीं हुआ, बल्कि वह रुष्ट ही हुआ। उसे समझते देर न लगी कि बदायूँनी के विवरण में अतिरंजना है। इस रण का कोई परिणाम तो था नहीं। न तो मानसिंह मेवाड़ पर अधिकार कर सका था और राणा प्रताप को युद्ध में मारने की योजना भी सफल न हुई थी।। अकबर से यह बात भी छिपी न रह सकी कि हल्दीघाटी के युद्ध से बचे राजपूत फिर से संगठित हो रहे थे।

कच्चे आम और मांस खाकर बीमार पड़ते सिपाही बेहद परेशान थे। एक सिपहसालार ने समझाया कि कुँवरजी, सेना में बदअमनी फैलने का डर है। इससे पहले कि सिपाही बगावत पर उतर आएँ या यहाँ से भाग खड़े हों, हमें किसी दूसरे इलाके में जाना चाहिए, जहां कम-से-कम सेना को रसद तो मिल सके। बात मानसिंह को जँच गई। उसने तत्काल कूच के आदेश दे दिए। गोगूंदा की रक्षा के लिए उसने किलेदार और थोड़ी सी सेना तैनात कर दी।

राणा प्रताप को मानसिंह की गतिविधियों की पल-पल की खबर मिल रही थी। मुगल सेना के कूच के बाद उन्होंने दो दिन इंतजार किया, ताकि वह दूर निकल जाए। उसके बाद एक ही हल्ले में जुलाई 1576 में गोगूंदा पर अधिकार कर लिया। अकबर को यह खबर मिली तो वह गुस्से से आग-बबूला हो गया। उसने तत्काल मानसिंह को अजमेर आने का आदेश भेजा। अकबर ने मानसिंह और आसफ खाँ की हल्दीघाटी की विफलता पर नाराजगी जताते हुए उन्हें दो साल तक दरबार में हाजिर न होने की सजा दी। शेष सिपहसालारों को मुगलों की आन की

रक्षा करने और राजपूतों के हाथों पराजय से बचाने के लिए पुरस्कृत किया गया। अब उसने सोचा कि खुद ही चलकर अपने नेतृत्व में मेवाड़ पर आक्रमण करके घमंडी राजपूतों और उनके सरगना राणा प्रताप को सजा देनी होगी।

अकबर अजमेर आया। राणा प्रताप को इसकी खबर लगी तो उसके इरादे को भाँप गए। वैसे तो वह ख्वाजा की मजार पर दुआएँ माँगने आया ही करता था, लेकिन सितंबर में जब उर्स होता था। अभी तो मार्च का महीना था। महाराणा पहले ही समझ चुके थे कि मानसिंह के मेवाड़ पर विजय न पाने से अकबर चुप नहीं बैठेगा। इससे उसकी साम्राज्यवादी महत्त्वाकांक्षा को गहरी ठेस लगी थी। वैसे बादशाह ने जाहिर किया कि उसकी मंशा मेवाड़ के मुगलों के अधिकारवाले इलाके में शिकार खेलने की है।

मेवाड़ की शक्ति को कम करके आँकने की गलती अनुभवी सम्राट् अकबर ने नहीं की थी। वह फूँक-फूँककर कदम रखना चाहता था। एक सुविचारित योजना बनाकर बहुत बड़े सैन्यबल की सहायता से वह एक ही बार में मेवाड़ को अपने अधीन कर लेना चाहता था। मेवाड़ पर सीधे आक्रमण करने से पहले उसने राणा की सहायता करनेवाले राज्यों को अपने अधीन कर लेना आवश्यक समझा, ताकि मेवाड़ पर चढ़ाई करने पर उसे बाहर से कोई मदद न मिले। मेवाड़ के निकटवर्ती इन छोटे राज्यों को जीत लेने के बाद वह चारों तरफ से मुगल साम्राज्य से घिर जाता, जिससे महाराणा को मेवाड़ की स्वाधीनता बनाए रखना दुष्कर हो जाता।

ये राज्य थे जालौर और सिरोही। अकबर के लिए इन्हें जीतना कोई मुश्किल न था। ये अपनी रक्षा करने में असमर्थ थे और राणा प्रताप चाहकर भी अपनी वर्तमान परिस्थितियों में इनकी प्रत्यक्ष सैनिक सहायता नहीं कर सकते थे। सेना की दो टुकड़ियाँ उन पर चढ़ाई करने के लिए

भेजी गईं, जिन्होंने आसानी से इन पर अधिकार कर लिया। जालौर के ताज खाँ और सिरोही के शासक देवराराय को महाराणा प्रताप की मित्रता की कीमत पराधीनता स्वीकार करके चुकानी पड़ी। इस प्रकार युद्ध की स्थिति में आवश्यक वस्तुओं की आपूर्ति करनेवाले मेवाड़ के दो मित्र कम हो गए। इतना ही नहीं, अब मेवाड़ को बाहर से युद्ध सामग्री, खाद्यान्न या कुछ भी अन्य उपयोगी वस्तुएँ मँगाने के सारे रास्ते भी बंद कर दिए गए। गुजरात के रास्ते राणा प्रताप को कोई सहायता न मिल सके, उसके लिए अकबर ने हल्दीघाटी के युद्ध से पहले ही वहाँ नाकेबंदी कर दी थी। इस नाकेबंदी का एक उद्देश्य यह भी था कि युद्ध में हारने और समूचे मेवाड़ पर मुगलों का अधिकार हो जाने के बाद महाराणा अपने परिवार और राजकोष के साथ उस रास्ते से भाग न सकें। उसका यह सपना तो पूरा हो नहीं सका था, पर इस बार उसे आशा थी कि वह अवश्य सफल होगा।

महाराणा प्रताप के स्वाधीन रहने से अकबर परेशान जरूर था, पर उसे राणा से व्यक्तिगत शत्रुता या कटुता न थी। प्रताप को बंदी बनाने या मार डालने के पीछे उसका मुख्य उद्देश्य यह था कि उसके साथ ही राजपूतों का मनोबल टूट जाएगा और फिर वह सहज ही मेवाड़ को अपने अधीन कर लेगा।

कुछ अन्य व्यस्तताओं के कारण अकबर लौट गया और हर साल की तरह इस बार भी अपने नियमानुसार सितंबर में फिर अजमेर आया। उसने ख्वाजा की दरगाह पर खुले दिल से चढ़ावा चढ़ाया और मेवाड़ विजय की दुआ माँगी । अब वह आगामी युद्ध की योजना को क्रियान्वित करने में लग गया। 11अक्तूबर, 1576 को बादशाह अकबर अजमेर से अपने मेवाड़ विजय अभियान के लिए रवाना हुआ। मार्च के बाद इतना समय लेने के पीछे अन्य व्यस्तताओं के अतिरिक्त एक और भी बड़ा कारण था। मेवाड़ में अनेक छोटी-बड़ी नदियाँ और पहाड़ी नाले हैं, जो

वर्षाकाल में अपने पूरे उफान पर रहते हैं। धरती का बड़ा भाग बाढ़ के कारण जलमग्न हो जाता है। यह बाहर से आनेवाली किसी सेना के लिए असुविधा का कारण तो बनता ही है और साथ ही मेवाड़ को अतिरिक्त प्राकृतिक सुरक्षा भी प्रदान करता है। अकबर ने आक्रमण के लिए ऐसा समय चुना था, जब वर्षा की कोई संभावना न हो और नदियों का पानी उतरकर सामान्य स्तर पर आ चुका हो।

विशाल मुगलवाहिनी अपने पूरे तामझाम के साथ चल रही थी। अकबर के आगे-आगे एक बहुत बड़ा सुरक्षाबल था, जो मार्ग में होनेवाले किसी भी तरह के अवरोध या छापे से निबटने में सक्षम था। सिपहसालारों को स्पष्ट आदेश था कि शहंशाह के रास्ते को पूरी तरह निष्कंटक रखा जाए और उन्हें किसी तरह की रुकावट महसूस न हो। दो दिन बाद ही अकबर गोगूंदा पहुँच गया और उसकी सेना ने वहाँ पड़ाव डाल दिया। अब आगे की योजना पर विचार होने लगा।

महाराणा प्रताप को सूचना मिल गई थी कि अकबर एक बहुत बड़ी सेना लेकर मेवाड़ की तरफ आ रहा है। अपनी छापामार रणनीति के अनुसार उन्होंने गोगूंदा मुगलों के लिए खाली कर दिया था और अपनी सेना के साथ पहाड़ी प्रदेश में चले गए। गोगूंदा और आसपास के प्रदेश को उन्होंने पूरी तरह उजड़वा दिया था, लेकिन अकबर अपने साथ भरपूर रसद लेकर चला था। इसके अलावा उसने अजमेर तक के रास्ते को खुला और हर तरह से बाधारहित रखने के स्पष्ट निर्देश दिए थे, ताकि हर तरह की आपूर्ति निरंतर मिलती रहे।

मानसिंह और आसफ खाँ ने सोचा था कि शहंशाह अकबर को गोगूंदा पहुँचने पर इस बात का एहसास हो जाएगा कि उनका हुक्म बजा लाने के लिए इन लोगों ने कितनी मुश्किलों का सामना किया था, पर हुआ इसका उलटा। जमीन फूँकने की राजपूतों की प्रथा नई न थी। सब आक्रमणकारी इससे परिचित थे। अकबर को उलटे गुस्सा आया कि इन

मूर्खों ने गोगूंदा में पड़ाव डालने से पहले ही अपनी सेना के लिए भरपूर रसद साथ लाने और अजमेर से निरंतर आपूर्ति मिलने के भरपूर प्रबंध क्यों नहीं किए।

बहरहाल गोगूंदा में पैर पसारने के बाद अकबर ने सबसे पहले राणा प्रताप को गिरफ्तार करने का इरादा किया। उसे पूरा विश्वास था कि एक बार महाराणा पकड़ में आ जाएँ तो फिर मेवाड़ विजय का काम बहुत सरल हो जाएगा। अव्वल तो प्रताप पर दबाव डालकर उन्हें अधीनता स्वीकार करने को बाध्य किया जा सकता है। ऐसा न होने पर भी नेतृत्वहीन राजपूतों पर विजय पाना कठिन न होगा। इसके लिए पहला काम था राणा प्रताप के बारे में पता लगाना कि वह कहाँ हैं?

बड़ा आसान काम था। गोगूंदा से कुछ टुकड़ियाँ शाही फरमान के साथ विभिन्न दिशाओं में भेज दी गईं। हुक्म हुआ कि जहाँ भी राणा प्रताप के होने का कोई सुराग मिले, फौरन खबर की जाए, ताकि सारे इलाके को घेरकर इन्हें बंदी बनाया जा सके। इस काम के लिए सेना की दो टुकड़ियाँ बनाई गई थीं, जिनके प्रमुख राजा भगवानदास और कुतबुद्दीन खाँ थे। ये दोनों ही मेवाड़ के भूगोल से दूसरों की अपेक्षा अधिक परिचित थे। इन्होंने छोटी टुकड़ियाँ आगे टोह लेने के लिए भेज दीं। उन्हें समझाया गया कि इनाम का लालच देकर वनवासियों से राणा प्रताप और उनके परिवार के बारे में जानकारी हासिल करें। अब दोनों सेनापति मसनद पर गावतकिए की टेक लगाकर आराम से बैठ गए कि दो-चार दिनों में ही सब खोज-खबर मिल जाएगी।

कुछ टुकड़ियाँ तो लौटी ही नहीं, उनके सारे सिपाहियों को राजपूतों ने घात लगाकर मौत के घाट उतार दिया। उनकी समझ में नहीं आता था कि छापामार कहाँ से अचानक प्रकट होते हैं और फिर अदृश्य भी हो जाते हैं। कुछ भीलों के विषबुझे तीरों से घायल हो बेहाल लौटते और आपबीती सुनाते कि किस तरह उनके बाकी साथी अचानक हुई बाणों

की वर्षा से मारे गए। बाणों का जहर अपना असर दिखाता और उपचार के बावजूद नीले-पीले होकर मर जाते।

इस बारे में दिलचस्प किस्सा बहुत मशहूर है। भगवानदास स्वयं राजपूत होने और मेवाड़ के निवासियों से भली-भाँति परिचित होने के कारण फूँक-फूँककर कदम रख रहे थे। कुतबुद्दीन इस लिहाज से अनाड़ी ही था। वह समझता था कि पैसे का लालच देकर इन घुटनों तक धोती पहननेवाले गरीब वनवासियों को खरीदना कौन सा मुश्किल काम है? जंगल में कुछ गड़रियों ने राणा प्रताप के बारे में पूछने पर पहले तो अनभिज्ञता जताई, फिर बादशाह अकबर से बताने पर जान से मार देने की धमकी के बाद वे सबकुछ बक पड़े। राणा प्रताप उस स्थान से बहुत दूर न थे। अपनी भेड़-बकरियों को लेकर ये वहीं जा रहे थे, ताकि उनके परिवार की दूध की आवश्यकता पूरी हो सके। यह सुनते ही कुतबुद्दीन खाँ की बाँछें खिल गईं। उसने तुरंत एक सैनिक टुकड़ी इनके साथ कर दी और उम्मीद करने लगा कि चंद घंटों में ही महाराणा प्रताप और सारा परिवार अकबर के सामने हाथ बाँधे खड़ा होगा।

इस दंतकथा के मुताबिक भोले-भाले गड़रिए बड़े सरदार को झुक-झुक प्रणाम करते उस टुकड़ी को लेकर चल पड़े। जंगल में काफी चलने के बाद पहाड़ी कंदरा के पास पहुँचकर वे रुक गए। उन्होंने साथ आए सैनिकों को बताया कि हजूर, इसके दूसरे छोर पर एक छोटा सा शिविर है, जिसमें राणा प्रताप और उनका परिवार रहता है। सैनिकों के नेता ने अपने तीन-चार सिपाही गड़रियों पर नजर रखने के लिए वहीं छोड़ दिए। उन्हें कहा कि खबर सही निकली तो मालामाल कर दिया जाएगा। गलत निकली तो मौत के घाट उतार देंगे। वे खुशी-खुशी राजी हो गए। जब वे सैनिक अपने नेता के साथ अँधेरी गुफा में आगे जाकर गुम हो गए तो भोले-भाले गड़रिए अचानक पहरा देनेवाले सैनिकों पर टूट पड़े। इससे पहले कि वे सँभलते, उन्हें मौत के घाट उतार दिया गया।

राणा प्रताप को जीवित पकड़वाने के अपने उत्साह में जब सैनिक दल गुफा के पार निकला तो राजपूतों के एक दल ने उन्हें चारों तरफ से घेर लिया। बच निकलने की कोई संभावना न देखकर उन्होंने हथियार डालकर आत्मसमर्पण कर दिया। ये राजपूत युवकों के आगे बहुत गिड़गिड़ाए कि उनकी जान बख्श दी जाए। वे बेचारे तो शाही हुक्म की तामील कर रहे थे। वीर राजपूत निहत्थों की हत्या को वैसे भी कायरता ही समझते हैं। उन्हें दया आ गई तो इन सबके सिर मूँड़कर इन्हें वापस भेज दिया गया। लौटते समय वे मन-ही-मन सोच रहे थे कि उस पार जाते ही उन बदमाश गड़रियों का सिर धड़ से अलग करके इस अपमान का बदला लेंगे, लेकिन दूसरे छोर पर पहुँचे तो उन्हें वहाँ अपने साथियों के ही सिर धड़ से अलग पड़े मिले। गड़रियों का तो कहीं नाम-निशान न था। वे इसी बदहाली में कुतबुद्दीन खाँ की खिदमत में पेश हुए तो उसके होश उड़ गए। जब यह काररवाई चल रही थी तो राजा भगवानदास कुतबुद्दीन खाँ की मूर्खता पर मन-ही-मन हँस रहे थे। उन्होंने जानते हुए भी अपने सहयोगी को समझाने की कोशिश नहीं की कि तुम झाँसे में आ रहे हो। मुगल दरबार की प्रतिद्वंद्विता के किस्से तो आज तक मशहूर हैं। भगवानदास चाहते थे कि कुतबुद्ददीन की बेवकूफी सब पर जाहिर हो। यह बात अकबर के कानों तक भी पहुँचे और उसकी साख गिरे।

इसके बाद भी राजा भगवानदास और कुतबुद्दीन खाँ की टुकड़ियाँ आए दिन मेवाड़ के जंगलों व पहाड़ियों की खाक छानती रहीं। महाराणा प्रताप का सुराग तो उन्हें कहीं नहीं मिलता था, लेकिन राजपूत युवकों के अचानक हमले से कई मारे जाते या घायल हो जाते। कभी अचानक ही कहीं से भीलों के तीखे बाणों की वर्षा होती और वे लहूलुहान हालत में सिर पर पैर रखकर भागते। अचानक हमले के खौफ से सहमे हुए और अनजान बीहड़ रास्तों की खाक छानने से परेशान सिपाही करते भी

तो क्या? कभी उनके बहुत से साथी अचानक हमले में मरते, कभी साथ लाई रसद लूट ली जाती। महीनों इसी तरह गुजर गए। अकबर उनकी विफलता की कहानियाँ और मजबूरियाँ सुन-सुनकर तंग आ गया था। राणा प्रताप को पकड़ने और मेवाड़ पर अधिकार करने के लिए वह स्वयं आया था। अतः किसी भी कीमत पर असफल नहीं लौटना चाहता था। राजा भगवानदास समझ गया था कि राणा प्रताप को इस तरह पकड़ना संभव न होगा। मेवाड़ की चारों तरफ से नाकेबंदी कर दी गई थी। प्रताप को किसी भी तरह की रसद या सहायता मिलने का सवाल ही न था। भगवानदास का अनुमान था कि अब तक तो राणा और परिवार को खाने के भी लाले पड़ गए होंगे। राणा प्रताप को खोजना असंभव है, पर इतना निश्चित है कि जगह-जगह पर उनकी खोज में मुगल सेना के छापे पड़ने के कारण उन्हें जल्दी-जल्दी दल-बल के साथ एक स्थान से दूसरे स्थान पर जाना पड़ता होगा। इससे भी वह निश्चित ही परेशान हो गए होंगे। ऐसे में अगर किसी तरह उन तक संदेश पहुँचाया जाए कि राजा भगवानदास मिलना चाहते हैं तो कैसा रहेगा! संभव है राणा मिलने को तैयार हो जाएँ। संभव है वर्तमान परिस्थितियों में संधि के लिए राजी हो जाएँ। अगर कोई युक्ति काम कर गई तो संभव है छल से उन्हें गिरफ्तार ही किया जा सके या इस प्रक्रिया में उनका कोई सुराग लग जाए या कोई संपर्क सूत्र हाथ लग जाएँ अथवा उनका कोई विश्वस्त लालच में आकर उनके छिपने का गुप्त स्थान बता दे।

विचार बुरा नहीं था। भगवानदास कछवाहा उसे क्रियान्वित करने के प्रयास में जुट गया। पहला काम तो उसने यह किया कि राणा प्रताप के विरुद्ध भेजी जानेवाली सभी सैनिक टुकड़ियों को विश्राम करने को कहा। ये सैनिक कारण तो नहीं जानते थे, पर उन्होंने चैन की साँस ली। कुछ दिन की शांति के बाद जब भगवानदास को लगा कि वातावरण

बातचीत के लायक बन गया है तो अपने कुछ दूत इधर-उधर छोड़ दिए जो किसी उपयुक्त व्यक्ति को खोजें जिसका राणा प्रताप से संपर्क हो। आखिर एक राजपूत सहमत हो गया। उसने कहा कि आपका संदेश राणाजी तक पहुँचा दूँगा। अगर वे मान गए तो दो-तीन दिन में मैं आपकी मुलाकात उनसे करा दूँगा। वह अगले दिन फिर राणा प्रताप का उत्तर लेकर आने के लिए कहकर चला गया। राजा भगवानदास को बहुत उम्मीद थी कि इस बार बात बन जाएगी।

इस कथा के अनुसार, दूसरे दिन वह दूत राणा का संदेश लेकर हाजिर हुआ। उसने अत्यंत विनम्रता से राजा भगवानदास को प्रणाम करने के बाद कहा कि मैं जो कुछ कह रहा हूँ, वह आपके लिए राणाजी का संदेश है। अगर इसमें आपको कुछ ऊँच-नीच लगे तो मुझे क्षमा करेंगे।

"ठीक है, राणाजी ने क्या संदेश भिजवाया है, निर्भय होकर कहो।" भगवानदास बोले।

"महाराणाजी ने कहा कि वैसे तो राजा भगवानदास और उनके चाकर भी उसी व्यवहार के लायक हैं, जो व्यवहार कुतबुद्दीन खाँ के आयोजकों के साथ किया गया, लेकिन वे राजपूत हैं, इस नाते उन्हें क्षमा किया जाता है। वे जिसकी चाकरी करते हैं उसके तलवे चाटें या दुम हिलाएँ यह उनकी मरजी है।"

कुत्ते से अपनी तुलना सुनकर भगवानदास कछवाहा के तन-बदन में आग लग गई। उसने दूत से कुछ न कहा। उसे दंड देना तो धर्मविरुद्ध होता, फिर अपने सब आदमियों के सामने वह उसे अभयदान भी दे चुका था।

जब यह तरकीब भी असफल रही तो भगवानदास की समझ में नहीं आया कि आखिर किया क्या जाए। नए सिरे से सैनिकों की टोलियाँ इधर-उधर भेजना और जहाँ कहीं राणा प्रताप के होने की खबर या अफवाह मिले, वहाँ छापे मारना जारी रहा। कुतबुद्दीन भी यही कर रहा था। खबर

देनेवाले भील उन्हें बीहड़ जंगली रास्तों पर दूर तक भटका देते। कभी घात लगाकर बैठे राजपूत युवकों या भीलों की तरफ भेज देते, जहाँ से वे क्षत-विक्षत होकर लौटते। अब तक अकबर की सेना के जान-माल का काफी नुकसान हो चुका था, लेकिन हाथ कुछ भी न लगा था।

अपने इन दोनों सिपहसालारों के प्रयासों से निराश होकर अकबर ने इन दोनों को इस कार्य से हटा दिया। उनकी अकर्मण्यता के दंडस्वरूप उन्हें दरबार में प्रवेश न करने का हुक्म भी बादशाह ने सुनाया। उसके बाद सारी काररवाई की बागडोर खुद सँभाली। उसने राणा प्रताप को चारों तरफ से घेरने के लिए जगह-जगह नाकेबंदी की और पर्याप्त सेना के साथ अपने थाने स्थापित किए। इन थानों में ऐसी व्यवस्था थी कि आवश्यकता पड़ने पर एक-दूसरे की सहायता कर सकें। अकबर खुद अपने साथ भी भारी लाव-लश्कर लेकर चल रहा था। कहीं-न-कहीं उसके मन में भी राणा प्रताप के अचानक आक्रमण का डर समाया हुआ था। उसकी रणनीति यह थी कि धीरे-धीरे सारे प्रदेश की नाकेबंदी कर दी जाए। आखिर उसके बीच में पहाड़ी प्रदेश में ही राणा प्रताप कहीं होंगे, फिर उस प्रदेश पर बड़ी सैनिक काररवाई करके उन्हें गिरफ्तार किया जा सकता है।

सुरक्षा और घेराव के इस सारे प्रबंध में पूरे दो महीने का समय लग गया। उसके बाद सम्राट् अकबर उदयपुर की ओर बढ़ा। उस पर भी आसानी से अधिकार हो गया। कहीं भी आमने-सामने की लड़ाई लड़ने का तो राणा का कोई इरादा था ही नहीं। वह तो मुगल सेना को छकाकर थका देना चाहते थे। जगह-जगह छापे मारने पर भी जब अकबर को राणा प्रताप का कुछ पता न चला तो वह हताश होने लगा। अब उसकी समझ में आ रहा था कि उसके अनुभवी सिपहसालार क्यों विफल हुए थे। शायद इसी कारण बाद में माफी माँगने पर बादशाह ने उनको क्षमा कर दिया।

उदयपुर में थोड़ा दम लेने और अपनी सारी स्थिति को स्थिर करने

के बाद एक बार फिर अकबर ने आगे बढ़ने का मन बनाया। उदयपुर आखिर एक महत्त्वपूर्ण मुकाम था। अतः वहाँ की सुरक्षा का सारा भार उसने अपने अनुभवी और योग्य सेनानायकों—राजा जगन्नाथ और फखरुद्दीन को सौंपा। उनके साथ पर्याप्त सेना रख दी गई। इसके साथ ही अकबर ने राजा भगवानदास को उदयपुर के निकटवर्ती प्रदेश में राणा प्रताप का पता लगाने की जिम्मेदारी एक बार फिर सौंपी। उसकी सहायता के लिए एक और सिपहसालार अब्दुल्ला खाँ को नियुक्त कर दिया। अकबर जानता था कि जिस क्षेत्र में वह जा रहा है, वहाँ उसकी सेना की दबिश पड़ने पर राणा प्रताप अपना स्थान बदलना चाहेंगे। ऐसे में उनके दल के उदयपुर के वन-क्षेत्र में आने की संभावना अधिक है, तब उनकी ताक में बैठे ये दोनों सिपहसालार उन्हें दबोच लेंगे। यह भी संभव है कि एक तरफ से घिर जाने के बाद बचाव का कोई रास्ता न देखकर राणा प्रताप आत्मसमर्पण कर दें।

अकबर को उम्मीद थी कि अब प्रताप और उनके राजपूत सामंत अधिक दिन यह दबाव सहन नहीं कर सकेंगे। वह शक्तिसिंह की सीख भूल गया था कि पूरे क्षेत्र को घेरने के लिए कम-से-कम दो लाख की फौज चाहिए, तभी अचानक एक ऐसी घटना घटी जिससे अकबर को गहरा धक्का लगा।

बादशाह ने नाथद्वारा के नजदीक मोही गाँव में एक बड़ा थाना स्थापित किया था। उसकी सुरक्षा के लिए और आसपास के थानों से मदद के लिए उसने तीन हजार सैनिकों की बड़ी सेना मुजाहिद खान के अधीन रखी थी। रसद की समस्या तो थी ही। अतः मुजाहिद खान ने वहाँ जोर-दबरदस्ती से या पैसे का लालच देकर एक खेत में मक्का की फसल उगाने का प्रबंध किया। वह सोच भी नहीं सकता कि राजपूतों के लंबे हाथ यहाँ तक मार कर सकते हैं।

राणा प्रताप ने सारे क्षेत्र में किसी भी तरह की खेती करने पर प्रतिबंध

लगा दिया था। साथ ही यह घोषणा भी करवा दी थी कि अगर कोई इसका उल्लंघन करेगा तो उसे मृत्युदंड दिया जाएगा। टॉड ने एक जगह लिखा है कि शत्रु को सहायता पहुँचानेवाले गड़रिए का सिर काट लिया गया। एक अन्य इतिहासकार ने लिखा है कि एक मुगल सिपहसालार के लिए सब्जी उगाने का प्रयास करनेवाले एक किसान का सिर काटकर खेत में उस मुगल सिपहसालार के लिए रख दिया गया था।

राणा के पास मोही में खेती करने की भी शिकायत पहुँची तो उन्होंने कुँवर अमरसिंह को युवक राजपूतों के एक दल और कुछ भीलों के साथ वहाँ आवश्यक काररवाई के लिए भेजा। योजना के अनुसार कुँवर अमरसिंह अपने साथियों और धनुष-बाण से लैस कुछ भीलों के साथ कुछ दूर पर रात के अँधेरे में चुपचाप खड़े रहे। दो-चार भीलों को इशारा किया गया तो वे आगे बढ़कर फसल काटने लगे। दूर पहरा दे रहे कुछ सिपाहियों ने देखा तो दौड़कर अपने थानेदार मुजाहिद खान को खबर दी कि हुजूर कुछ लोग चोरी से फसल काट रहे हैं। वह तुरंत घोड़े पर सवार होकर कुछ सैनिकों के साथ वहाँ पहुँच गया, ताकि उन्हें अपने किए का दंड दे सके। बेचारे को क्या पता था कि उसे ही अपने किए का मृत्युदंड मिलनेवाला है। तीरों की बौछार ने मुगलों की इस टुकड़ी का स्वागत किया। मुजाहिद खान समझ पाता कि किस तरफ से तीर आ रहे हैं, इससे पहले एक भाला उसके सीने में लगा, जो उसके भारी भरकम शरीर के आर-पार हो गया। सैनिक अपने थानेदार को उठाने आगे बढ़े तो फिर तीरों की एक और बौछार उन पर पड़ी। वे भी जवाब में तीर और गोलियाँ चला रहे थे, पर कोई दिखाई देता तब ना? आखिर खान को वहीं छोड़ वे जान बचाकर भागे।

भीलों ने सारी फसल लूट ली। उस किसान को मारकर उसकी लाश एक पेड़ पर टाँग दी और वहाँ से यह टोली चुपचाप लौट आई। अकबर को यह समाचार मिला तो वह सन्नाटे में आ गया। संदेश बड़ा स्पष्ट था

कि सारे मेवाड़ में अब भी महाराणा की राजाज्ञा चलती है, मुगल सम्राट् अकबर की नहीं। उसे इस बात की भी हैरानी थी कि कहाँ तो उसे खबरें मिल रही थीं कि चारों तरफ से घिरकर राजपूत पिंजरें में फँसे पशुओं जैसे हो गए हैं, उन्हें खाने तक के लाले पड़ रहे हैं, अब उनके महाराणा के पास आत्मसमर्पण करने के अलावा और कोई चारा नहीं और कहाँ ऐसे मौके पर जब वह खुद इतनी बड़ी सेना लेकर मेवाड़ पर चढ़ आया है उसकी नाक के नीचे उसके एक सरदार को मौत के घाट उतार दिया गया। उसका सारा आत्मविश्वास डोल गया। इसी समय अकबर के गुप्तचरों ने सूचना दी कि राणा प्रताप फिर से गोगूंदा पर अधिकार करने की योजना बना रहे हैं। वह परेशान हो गया और तुरंत राजा भगवानदास और मिर्जा खाँ को एक सेना के साथ गोगूंदा की रक्षा के लिए भेजा।

अकबर परेशान था। उसे स्वयं मेवाड़ की खाक छानते छह महीने हो गए थे। हर तरकीब आजमाने पर भी राणा प्रताप को पकड़ना तो दूर उनके बारे में कोई ठोस खबर तक नहीं मिली थी और न ही किसी सैनिक काररवाई में कोई और बड़ा सामंत या पहाड़ों में कहीं छिपाकर रखा गया राणा प्रताप का खजाना हाथ आया था। इस दौरान राजपूतों के छापामार दस्तों ने जगह-जगह घात लगाकर उसकी सेना को काफी नुकसान पहुँचाया था, पर बदले में वह कुछ न कर सका। आखिरकार उसने लौट जाने का फैसला किया।

राजा भगवानदास राणा प्रताप को पकड़ने या उनका पता लगाने में अपनी असफलता पर शर्मिंदा था। प्रताप को एक बार फिर संधि-प्रस्ताव भेजने या उनसे भेंट करके समझाने की कोशिश में भी अपमान ही हाथ लगा था, पर उसने उसकी भरपाई के लिए कुछ और प्रयत्न किए। उसने मेवाड़ के मित्र डूंगरपुर के शासक रावल आसकरण और बाँसवाड़े के रावल प्रताप सिंह को ऊँच-नीच समझाकर, भयंकर परिणामों का डर दिखाकर और ओहदों का लालच देकर अकबर की अधीनता

स्वीकार करने के लिए राजी कर लिया। सम्राट् अकबर बिना रक्तपात के किसी छोटे से रजवाड़े के भी उसके अधीन होने पर बहुत प्रसन्न होता था। उसने इन दोनों का स्वागत किया और भगवानदास कछवाहा की प्रशंसा की।

12 मई, 1577 को बादशाह अकबर मेवाड़ से राजधानी लौट आया। उसके लौटते ही राणा प्रताप ने अपनी गतिविधियाँ तेज कर दीं। एक के बाद एक मुगलों के स्थापित किए थानों पर फिर से राजपूतों का अधिकार होने लगा। राणा के छापामार सैनिक कब कहाँ हमला कर दें, इस आशंका से डरे-सहमे मुगल सैनिकों में अब पहले जैसा हौसला नहीं रह गया था, जबकि इतनी बड़ी सेना का अपनी छापामार रणनीति के सफलतापूर्वक सामना कर लेने पर राजपूतों के हौसले बुलंद थे। उन्होंने गोगूंदा पर फिर से अधिकार कर लिया था। राणा प्रताप कुंभलगढ़ को राजधानी बनाकर वहाँ से सारा राजकार्य चला रहे थे। थोड़ा सा अवकाश मिलते ही उन्होंने मुगलों के अत्याचार से त्रस्त अपनी प्रजा के कल्याण और मैदानी क्षेत्र में फिर कृषि कार्य आरंभ करने पर विचार करना आरंभ किया।

राणा प्रताप और मेवाड़ के धरती-पुत्रों के भाग्य में सुख-चैन नहीं था। अकबर अभी मेरठ तक ही पहुँचा था कि उसे ये सारे समाचार मिले। उसने राणा प्रताप को पकड़ने और मेवाड़ को पूरी तरह मुगलों के पैरों तले रौंद देने के लिए बड़ी योजना बना डाली। उसे स्वयं महाराणा की शक्ति का अनुमान हो गया था। अतः इस बार उसने पूरी ताकत से मेवाड़ को कुचलने के लिए एक बहुत बड़ी सेना भेजने का निर्णय कर डाला। शाहबाज खाँ के नेतृत्व में भेजी जानेवाली इस सेना में सम्राट् अकबर ने चुन-चुनकर अपने सिपहसालार नियुक्त किए। इनमें सैयद हासिम, सैयद कासिम, पाइंदा खाँ, सैयद राजू, मिर्जा खाँ, राजा भगवानदास कछवाहा और मानसिंह शामिल थे।

अकबर 12 मई, 1577 को मेवाड़ से लौटा था। शाहबाज खाँ ने 15 अक्तूबर, 1577 को अपनी विशाल सेना के साथ मेवाड़ पर आक्रमण करने के लिए कूच किया। इतना समय लगने से ही अनुमान लगाया जा सकता है कि शाहबाज खाँ ने मेवाड़ 'विजय' के लिए कितनी तैयारियाँ की होंगी। उसने बादशाह को पूरा यकीन दिलाया था कि मेवाड़ विजय करके और राणा प्रताप को गिरफ्तार करके ही दम लेगा। मेवाड़ पहुँचकर शाहबाज खाँ को पता चला कि वह कितने पानी में है। अपने आरंभिक प्रयत्नों में असफल होने पर शाहबाज खाँ ने दो काम किए। एक तो सम्राट् अकबर से अनुमति लिए बिना ही राजा भगवानदास, मानसिंह के साथ अन्य सभी छोटे-बड़े हिंदू सिपहसालारों को अपनी सेना से अलग कर दिया। उसे आशंका थी कि शायद ये राजपूत राणा से सहानुभूति रखते हैं। दूसरा, उसने अकबर के पास संदेश भेजा कि इतनी सेना काफी नहीं है। जवाब में बादशाह ने शेख इब्राहिम के नेतृत्व में एक और बड़ा सैन्यबल शाहबाज खाँ की सहायता के लिए भेज दिया। उसके दिल-दिमाग पर मेवाड़ को झुकाने का फितूर जारी था। स्वयं अपने प्रयत्नों में भी असफल होने के कारण वह बुरी तरह खीज गया था।

कहाँ तो राणा प्रताप अपने उजड़े मेवाड़ को फिर से हरा-भरा करने का सपना देख रहे थे और कहाँ शाहबाज खाँ के बहुत बड़ी सेना लेकर आने का समाचार पाकर इन्हें उसे फिर से उजाड़ने का आदेश देना था। वे नहीं चाहते थे कि अन्न का एक दाना भी शत्रु सेना को स्थानीय सहायता के रूप में मिले। अनाज बेचनेवाले बंजारे तो भूल से भी उस तरफ नहीं आते थे।

□

9

कुंभलगढ़ पर मुगलों का अधिकार

शाहबाज खाँ बिना किसी रोक-टोक के कैलवाड़ा तक आ गया और वहाँ पड़ाव डालकर आगे की योजना बनाने लगा। उस समय महाराणा प्रताप कुंभलगढ़ में थे। महाराणा कुंभा ने यह दुर्ग अत्यंत दुर्गम पर्वतीय प्रदेश में बनवाया था, अतः यह बहुत सुरक्षित था। पर यह कैलवाड़ा से जहाँ शाहबाज खाँ इतनी बड़ी सेना के साथ पड़ाव डाले पड़ा था, उससे केवल तीन मील की दूरी पर ही था। कुंभलगढ़ तक जानेवाला रास्ता इतना सँकरा, पेचदार और कठिन था कि थोड़े सैनिकों के साथ भी एक बड़ी सेना का वहाँ डटकर मुकाबला किया जा सकता था, पर राणा प्रताप ने सीधे मुकाबले की रणनीति छोड़ दी थी। अतः उन्होंने अपना खजाना वहाँ से हटाकर अंदर के पहाड़ी प्रदेश की एक गुफा में पहुँचा दिया जिस पर कुँवर अमरसिंह के कुछ विश्वस्त युवक और तीर-कमान से लैस भील रात-दिन पहरा देते थे। एक अन्य विवरण के अनुसार सारा खजाना भामाशाह के सुपुर्द था, जिसे लेकर वे किसी निरापद स्थान पर चले गए। राणा ने दुर्ग खाली करवा दिया और स्वयं भी पर्वतों में चले गए। किसी संभावित आक्रमण से दुर्ग की रक्षा करने के लिए उन्होंने वहाँ एक छोटी सेना तैनात कर दी थी।

शाहबाज खाँ ने भी राणा प्रताप का पता लगाने के लिए अपनी सैनिक टुकड़ियाँ इधर-उधर भेजीं, पर कुछ भी हाथ नहीं लगा। प्रताप का पता लगाने के लिए वह सैन्य बल की ही नहीं, हर तरकीब का इस्तेमाल कर रहा था। उसके छोड़े हुए जासूस चारों तरफ घूम रहे थे। आखिर उसे खबर मिल ही गई कि राणा प्रताप कुंभलगढ़ में हैं। यह भी पता चल गया कि दुर्ग कैलवाड़ा गाँव से ज्यादा दूरी पर नहीं है। उसने तुरंत कुंभलगढ़ पर चढ़ाई करने की योजना बनाई, लेकिन सबसे बड़ी समस्या यह थी कि इस वन प्रदेश में कुंभलगढ़ है कहाँ, यही पता नहीं चल रहा था। कुई टुकड़ियों को इधर-उधर भेजा गया, पर वे वन प्रदेश में भटककर लौट आईं। कहा जाता है कि शायद इसी कारण यह दुर्ग अजेय था।

इतनी बात तो शाहबाज खाँ समझ ही सकता था कि स्थानीय लोगों को अवश्य इस निकटवर्ती दुर्ग के बारे में और उस तक जानेवाले मार्ग के बारे में जानकारी होगी। उसने हुक्म जारी कर दिया कि बड़े-से-बड़े इनाम का लालच देकर भी दुर्ग के रास्ते का जल्दी पता लगाओ। उसे डर था कि देर होने पर राणा प्रताप कहीं निकल न जाए। आसपास के सभी ज्ञात रास्तों की नाकेबंदी मुगल सेनापति ने करवा दी। कहा जाता है कि एक मालिन इनाम के लालच में आकर अपने महाराणा से द्रोह करने को राजी हो गई। उसने कहा कि कुंभलगढ़ तक जानेवाले सारे रास्ते पर वह फूल बिखेर देगी। इसके सहारे मुगल सेना दुर्ग तक जा सकती है। उसने अपना काम शुरू किया, लेकिन आधे रास्ते तक ही फूल बिखेर पाई, तब तक अपने दुर्ग पर निरंतर दृष्टि रखनेवाले भीलों में से एक की नजर उस पर पड़ी। पलक झपकते ही वह समझ गया कि यह स्त्री क्या कर रही है। उसके धनुष से एक बाण छूटा और सीधे मालिन की छाती को बेध गया।

मालिन को तो अपने किए की सजा मिल गई, लेकिन मुगल सेना

के लिए आधे रास्ते का पता चल जाना भी पर्याप्त था। बाकी का रास्ता उसकी अग्रिम टुकड़ियों ने खुद खोज लिया और शाहबाज खाँ ने दुर्ग को चारों तरह से घेर लिया। महाराणा कुंभा ने कुंभलगढ़ ऐसा बनवाया था कि उस दुर्गम दुर्ग पर बड़ी-से-बड़ी सेना के लिए अधिकार करना कठिन था। इधर राणा प्रताप इस रणनीति पर विचार कर रहे थे कि दुर्ग को घेरने वाली शत्रु सेना को किस तरह परेशान किया जा सकता है। दुर्ग के अंदर के रक्षक दल ने बड़ी वीरता से शत्रु का सामना किया और दुर्ग जीतने के उसके सारे प्रयास विफल कर दिए।

पर होनी को कुछ और ही मंजूर था। दुर्भाग्य से दुर्ग की एक तोप में विस्फोट हो गया और उससे भड़की आग में बहुत सी युद्ध सामग्री स्वाहा हो गई। बाहर से सहायता मिलने की तो कोई गुंजाइश थी ही नहीं। दुर्गरक्षक वीर कुँवर माण ने अपने साथी राजपूतों के साथ परामर्श के बाद दुर्ग के दरवाजे खोल लिए और सहसा शत्रु की विशाल सेना पर टूट पड़े। जब एक-एक राजपूत लड़ते हुए वीरगति को प्राप्त हुआ तभी मुगल सेना दुर्ग में प्रवेश कर सकी। इस तरह 13 अप्रैल, 1578 को कुंभलगढ़ पर शाहबाज खाँ का अधिकार हो गया, लेकिन जिस तरह महाराणा उदयसिंह के राज्यकाल में चित्तौड़गढ़ में प्रवेश करने पर अकबर को निराशा हुई थी, वही हाल शाहबाज खाँ का हुआ। उसके हाथ एक निर्जन दुर्ग लगा था। वहाँ न राणा प्रताप थे और न उनका खजाना, जिसकी खबर उसे लगी थी। अकबर भयंकर मारकाट के बाद चित्तौड़गढ़ में आया था तो उसे वहाँ न उदयसिंह मिले थे और न उनका खजाना। अकबर ने तब दुर्ग में शरण लिए 30 हजार निरीह नागरिकों की सामूहिक हत्या करवाकर अपनी खीज मिटाई थी। इस बार वहाँ कोई चिड़िया भी न थी। जिसका शाहबाज खाँ कत्ल करता। उसने दुर्ग में स्थापित देव प्रतिमाओं और चंदन के सुंदर नक्काशीदार किवाड़ों को तोड़-फोड़कर अपनी खीज मिटाई।

शाहबाज खाँ को खबर मिली कि महाराणा गोगूंदा गए हैं। कुंभलगढ़ एक किलेदार के हवाले करके और वहाँ रक्षक दल बैठाकर शाहबाज खाँ सेना लेकर गोगूंदा की तरफ झपटा। गौगूंदा पर अधिकार करने पर जब वहाँ भी राणा प्रताप नहीं मिले तो शाहबाज खाँ रातोरात उदयपुर की तरफ दौड़ा। उदयपुर पर भी उसने सरलता से अधिकार कर लिया, लेकिन उसका असली मकसद यहाँ भी पूरा नहीं हुआ यानी राणा प्रताप वहाँ भी नहीं थे। इन कथित विजयों के बावजूद वह खाली हाथ था।

कुछ इतिहासकारों ने शाहबाज खाँ की इन सैनिक काररवाइयों की बड़ी प्रशंसा की है और इतने कम समय में गोगूंदा और उदयपुर जीत लेने पर उसकी तुलना नेपोलियन से की है। वे शायद यह भूल गए कि नेपोलियन ने बिजली की तेजी से झपटकर युद्ध जीते थे। शाहबाज खाँ ने कोई युद्ध नहीं जीता, सिर्फ घोड़े दौड़ाकर वह दूरी पार की थी। अकबर की तरह उसे भी कहीं किसी प्रतिरोध का सामना नहीं करना पड़ा था, सिवाय कुंभलगढ़ के।

राणा प्रताप को पकड़ने में असफल और जगह-जगह उसके थानों व छोटी सैनिक टुकड़ियों पर होनेवाले राजपूतों के छापामार हमलों से खीजे हुए शाहबाज खाँ ने अपने अधिकार में आए मेवाड़ के सारे क्षेत्र में लूट-खसोट मचाने और उसे उजाड़ने में अपनी पूरी शक्ति लगा दी। उसने सोचा कि इससे आतंकित होकर स्थानीय लोग राणा का साथ छोड़ देंगे और वह तथा उनके मुट्ठी भर राजपूत अलग-थलग हो जाएँगे। शाहबाज खाँ को इतनी समझ नहीं थी कि ऐसी हरकतों के विपरीत नतीजे निकलते हैं। मेवाड़ की प्रजा को, जो पहले से ही अपने महाराणा के प्रति बहुत श्रद्धा रखती थी, अब मुगलों के अत्याचारों से उन्हें मुक्ति दिलानेवाला राणा प्रताप ही तो नजर आ रहा था। महाराणा के प्रति उनकी निष्ठा और भी गहरी हो गई।

शाहबाज खाँ ने राणा प्रताप का पता लगाने के लिए जमीन-आसमान

एक कर रखा था। जहाँ भी महाराणा के छिपे होने की खबर मिलती, वह आँधी-तूफान की तरह दौड़कर वहाँ पहुँच जाता, लेकिन तब तक महाराणा वहाँ से निकल चुके होते। दरअसल इनमें से अधिकांश खबरें गलत होती थीं, जो शाहबाज खाँ और उसके सैनिकों को दौड़ाने-छकाने के लिए उस तक पहुँचाई जाती थीं। अगर कभी-कभार कोई लालच में आकर सच्ची खबर भी देता था, जो मुगल सेना के उधर आने की सूचना राणा को तुरंत मिल जाती और वह अपना स्थान बदल लेते थे।

ऐसी ही एक सही सूचना किसी भेदिए ने इनाम के लालच में आकर शाहबाज खाँ को दे दी कि राणाजी कमलमीर के किले में हैं। शाहबाज खाँ के पास आसपास के इलाके में पर्याप्त सेना थी। उसने तुरंत कमलमीर दुर्ग को घेरने और वहाँ से निकल भागने के सभी रास्तों की नाकेबंदी के आदेश दे दिए। छोटी सी दुर्गरक्षक सेना इतनी बड़ी आक्रामक सेना का बड़ी बहादुरी से सामना कर रही थी। उसने किले को जीतने के शत्रु के सभी प्रयास विफल कर दिए। किले के अंदर पानी के सभी स्रोत सूख गए थे, लेकिन एक विशाल कुंड में पर्याप्त जल था। शाहबाज खाँ ने इसका भी पता लगा लिया। इतना ही नहीं, उसने भारी लालच देकर किसी भेदिए की मदद से कुंड में जहर डलवा दिया। दुर्ग में रहनेवाली रक्षक सेना अब पानी के अभाव में परेशान हो गई। रक्षक सेना के वीरों ने दुर्ग के दरवाजे खोल दिए और मुट्ठी भर राजपूत विशाल मुगल सेना पर टूट पड़े। शाका की अपनी पुरानी परंपरा को निभाते हुए एक-एक योद्धा कई शत्रुओं को मारकर वीरगति को प्राप्त हुआ।

दुर्ग में प्रवेश करने के बाद शाहबाज खाँ ने उसका चप्पा-चप्पा छान मारा। लेकिन किला तो एक वीरान खंडहर जैसा था। राणा प्रताप तो न जाने कब दुर्ग को छोड़कर किसी सुरक्षित स्थान पर चले गए थे। यह शाहबाज़ खाँ की निराशा की पराकाष्ठा थी। उसने जगह-जगह थाने

स्थापित करके मेवाड़ के जीते हुए प्रदेश की सुरक्षा के व्यापक प्रबंध किए और स्वयं सम्राट् अकबर के दरबार में हाजिरी देकर सारा समाचार सुनाने के लिए रवाना हो गया। 17 जून, 1578 को शाहबाज खाँ बादशाह के सामने पेश हुआ और लगभग तीन महीने में अपने सैनिक अभियान की सफलता-विफलता की कथा सुनाई। सम्राट् अकबर ने बड़े धैर्य से उसकी बात सुनी। अपने व्यक्तिगत अनुभव के कारण अकबर अब शाहबाज खाँ की कठिनाइयों को समझता था। खीजने या दंड देने के बजाय उसने उसके प्रयासों की प्रशंसा की।

□

10

संधि-पत्र

राणा प्रताप के बारे में एक दंतकथा यह भी है कि उन्होंने अकबर को संधि-पत्र लिखा था। इसका एक अधिक प्रचलित रूप इस प्रकार है—

महाराणा जंगलों में भटक रहे थे। मुगलों की गिरफ्त से बचने के लिए वे अपने परिवार को लेकर एक स्थान से दूसरे स्थान पर जाते। खाने के लाले पड़ गए थे। जब कुछ नसीब न हुआ तो घास की रोटी खानी शुरू कर दी। एक दिन महारानी ने इसी तरह घास की रोटियाँ बनाकर सब बच्चों को दीं। साथ में पहाड़ी सोते का पानी पीने के लिए दिया। राणा की छोटी बेटी ने अभी एक कौर ही खाया था कि एक वन-बिलाव ने झपटकर उसकी रोटी छीन ली और जंगल में भाग गया। बच्ची रोने लगी।

कन्या का यह दुःख देखकर राणा प्रताप से रहा नहीं गया। वह कागज-कलम लेकर अकबर से संधि के लिए पत्र लिखने लगे। महारानी ने यह देखा तो उनका हाथ थाम लिया। कागज और कलम-दवात उनके समाने से उठा लीं और प्रार्थना करते हुए कहा कि कितनी ही माताओं के लाल आपके एक इशारे पर मातृभूमि की रक्षा में मर मिटे।

कितनी ही युवतियों के पतियों ने अपने प्राणों का उत्सर्ग कर दिया। आप मेवाड़ के गौरव हैं, उसकी स्वाधीनता के संरक्षक हैं। झाला सरदार ने अपने प्राण आप पर क्या इसीलिए न्योछावर किए थे कि आप एक दिन कायरों की तरह शत्रु से संधि कर लें? राणा प्रताप बहुत लज्जित हुए। उन्होंने रानी से क्षमा माँगी और फिर कभी अकबर से संधि करने का विचार मन में नहीं लाए।

एक अन्य विवरण के अनुसार—दाने-दाने को मुहताज और आए दिन जंगलों में सपरिवार भटकते रहकर राणा प्रताप थक-हार गए। उनसे जब ये घोर कष्ट सहन नहीं हुए तो अकबर को संधि-पत्र लिख भेजा। अकबर के दरबार में संधि-पत्र आया तो उसके आश्चर्य का ठिकाना न रहा। उसे राणा प्रताप से ऐसी आशा न थी। पत्र की सत्यता जानने के लिए शहंशाह अकबर ने अपने दरबारी बीकानेर नरेश के भाई पृथ्वीराज को यह पत्र दिखाया, जो प्रताप के हस्ताक्षर पहचानते थे। वह राणा प्रताप के निकट संबंधी और उनका अत्यंत आदर-मान करनेवालों में से थे। महाराणा प्रताप के भाई शक्तिसिंह की बेटी सुंदरदे उनकी पत्नी थी। इस नाते वह राणा के प्रताप की भतीजी थी। अतः परिवार के दामाद होने के नाते पृथ्वीराज राणा प्रताप, शक्तिसिंह व उनके अन्य भाइयों को व्यक्तिगत रूप से जानते भी थे और उनके हस्ताक्षरों व लिखावट से भी परिचित थे। देखने में उन्हें पत्र के हस्ताक्षर महाराणा प्रताप के ही लगे, पर विश्वास नहीं हुआ कि राणा प्रताप जैसा वीर, स्वाभिमानी ऐसा कर सकता है। उन्होंने स्पष्ट कह दिया कि ये राणा प्रताप के हस्ताक्षर नहीं। सारा संधि-पत्र जाली प्रतीत होता है।

अकबर की अनुमति से पृथ्वीराज वह पत्र घर ले आए और अपनी पत्नी सुंदरदे को दिखाया। सुंदरदे को इस बात पर बहुत गर्व था कि वह महाराणा प्रताप की भतीजी है, जिन्होंने कभी मुगलों की अधीनता स्वीकार नहीं की। उसने पति से कहा कि हस्ताक्षर तो ताऊजी के ही

लगते हैं, लेकिन ऐसा हो नहीं सकता। जरूर किसी ने यह जालसाजी की है। हूबहू उनकी लिखावट में पत्र लिखकर और उनके हस्ताक्षर बनाकर सम्राट् अकबर को भेजा है। आप महाराणा को एक पत्र लिखकर इस संधि-पत्र की सच्चाई का पता लगाएँ। इस पर पृथ्वीराज ने, जो एक अच्छे कवि थे, कविता की अत्यंत प्रेरक भाषा में एक पत्र लिखकर उसी दूत के हाथों महाराणा को भेज दिया, जो संधि-पत्र लेकर आया था।

पृथ्वीराज द्वारा महाराणा को कविता में लिखे पत्र का भावार्थ कुछ इस प्रकार था कि अकबर ने हमारे धर्म और कुल-गौरव को खरीद लिया है, लेकिन वह उदयपुर के राणा प्रताप को नहीं खरीद सका। जिस प्रताप ने अपना सर्वस्व त्याग दिया है, क्या वह भी अब अपने स्वाभिमान का सौदा करना चाहता है? यदि महाराणा रूपी सूर्य ही अस्त होने को आ गया तो संसार को उजाला देनेवाला कौन बचेगा? इस पत्र की ये पंक्तियाँ बहुत लोकप्रिय हुईं, जिनका उद्धरण आज भी राजस्थान में पुराने लोग देते हैं—

अकबर समंदर अथाह, तिहं डूबा हिंदू तुरक।
मेवाड़ो विन माह, पोयण फूल प्रताप सी॥

(अकबर अथाह समुद्र है जिसमें हिंदू-तुर्क सब डूब गए, पर मेवाड़ का अधिपति राणा प्रताप कमल पुष्प के समान उसके ऊपर शोभायमान है।)

इस पत्र की दो पंक्तियाँ और जो अकसर सुनी जाती हैं, वे हैं—

अकबरिए इणबार दागल की सारी दुणी।
अण दागल असबार, रहियो राणा प्रताप सी॥

(अकबर ने सारे संसार को कलुषित-कलंकित कर दिया है। हे अश्वारोही राणा प्रताप! सदा निष्कलंक बने रहना।)

नीचे की पंक्ति का एक पाठ्यांतर इस प्रकार भी है—

अण दागर असवार, चेतक राणा प्रताप सी॥

(किंतु चेतक घोड़े की सवारी करनेवाले राणा प्रताप निष्कलंक बने रहे।)

पत्र के अंत में पृथ्वीराज ने राणा प्रताप से पूछा कि जिस प्रकार सूर्य का पश्चिम से उदय होना असंभव है, उसी प्रकार राणा प्रताप के मुख से अकबर के लिए बादशाह शब्द निकलना भी असंभव ही है। हे एकलिंग के दीवान, आप मुझे लिखकर भेजें कि क्या ऐसा हुआ है? मैं अपनी मूँछों पर ताव दूँ या अपने शरीर को तलवार की भेंट कर दूँ (आत्महत्या कर लूँ)?

पातल जो पतसाह, बोलै मुख हुआ बयण।
मिहर पछम स माह, उमैं कासप राव उत॥
पटकूँ मूँछा पाण, कै पटकूँ निन तन करद।
दीजै लिख दीवाण, इन माँहली बात इक॥

पृथ्वीराज का पत्र मिलने तक महाराणा अपनी क्षणिक कमजोरी से उबर चुके थे और उन्होंने मुगलों के साथ संघर्ष जारी रखने और मेवाड़ की स्वाधीनता बनाए रखने का अडिग निश्चय कर लिया था। इस पत्र ने उनमें और भी उत्साह भर दिया। उन्होंने दूत के हाथों अपना उत्तर भेजा—

तुरक कहासी मुख पतों इण तन सूँ इकलिंग।
ऊगै जाहीं अगसी, प्राची बीच पतंग॥
खुशी हूंत पथिल कमध, पटको मूँछां पाण।
पथरण है जेतैं पतौ, कलमां सिरकै वाण॥

(इस मुख से भगवान् एकलिंग बादशाह को तुर्क ही कहलवाएँगे। सूर्य सदा पूर्व दिशा से ही उगेगा। हे वीर राठौर, जब तक राणा प्रताप की तलवार मुगलों के सिर पर है, आप अपनी मूँछों पर ताव देते रहें।)

यह सारी कहानी कहने-सुनने में भले ही दिलचस्प लगे, लेकिन

एकदम मनगढंत है। पहली बात तो यह कि राणा प्रताप की कोई बेटी नहीं थी, फिर उसकी घास की रोटी बिलाव छीनकर कैसे ले गया? घास की रोटी कैसे बनती है और बिलाव घास की रोटी पसंद करता है, यह भी अटपटा ही लगता है। मेवाड़ के पर्वतीय वनों में कई तरह के फल-मूल उत्पन्न होते हैं, जिन्हें भील बड़े शौक से खाते हैं। अपने महाराणा के लिए प्राण न्योछावर करने को तत्पर भील क्या उनको और उनके परिवार को ये फल आदि नहीं दे सकते थे, जो उन्हें घास की रोटी खानी पड़ती?

यह बात सच है कि संसाधनों की कमी थी। इसीलिए राणा प्रताप ने बहुत बड़ी सेना का गठन नहीं किया, लेकिन जो छापामार सेना थी, वह भी तो बहुत छोटी न थी। उसका वेतन, रसद आदि का प्रबंध अगर राणा प्रताप नहीं करते थे तो कौन करता था? भले ही ये युवक राणा के अंधभक्त या अनन्य देशप्रमी रहे हों, लेकिन यह विश्वसनीय नहीं लगता कि वर्षों तक उन्होंने बिना वेतन के संघर्ष किया। आखिर उनके परिवार भी होंगे जिनके लिए उन्हें कम-से-कम अनिवार्य वस्तुओं की जरूरत तो पड़ती ही होगी।

जिस पराक्रम से ये छापामार युवक मुगलों से लड़ते थे, उससे पता चलता है कि वे बहुत हृष्ट-पुष्ट और बली रहे होंगे। पर्याप्त भोजन मिलने पर ही कोई सैनिक हृष्ट-पुष्ट रह सकता है। अगर वे अपने दम पर भी पर्याप्त भोजन कर लेते थे तो क्या अपने महाराणा को घास की रोटी खाने देते?

राणा प्रताप ने आदेश जारी किया था कि कोई भी किसान, जिस क्षेत्र पर मुगलों ने अधिकार कर लिया है, वहाँ फसल नहीं उगाएगा। उनकी आज्ञा पाकर बहुत से किसानों ने पर्वतीय प्रदेश में आकर जो थोड़ी-बहुत धरती मिली, उस पर खेतीबारी की। इनसे कहा गया कि अगर आपको अन्न की कमी हो तो राजकीय भंडार से अन्न ले सकते

हैं, यानी राणा के अपने भंडार में इतना अन्न था कि प्रजा की आवश्यकता पर उसे दिया जा सके। उत्तर में कुंभलगढ़ से लेकर दक्षिण में ऋषभदेव तक के 90 मील लंबे और पूर्व में देवरी से पश्चिम में सिरोही सीमा तक 70 मील चौड़े प्रदेश में राणा प्रताप का शासन था। इतने बड़े क्षेत्र में बहुत लोग रहते होंगे। इन प्रजाजनों की अन्न की कमी होने पर सहायता करने की क्षमता राणा प्रताप में थी यानी उनके भंडार में भरपूर अनाज था और बाहर से अनाज मँगाने के जरिए भी थे। इतने बड़े क्षेत्र के शासक को भोजन की कमी कैसे हो सकती थी? यह और बात है कि राणा प्रताप अपनी प्रतिज्ञा के कारण विलासिता का जीवन व्यतीत नहीं करते थे। उनका और उनके परिवार का रहन-सहन, खान-पान सामान्य जन जैसा ही था।

राणा प्रताप के शासनवाले इस क्षेत्र में सैकड़ों गाँव पहाड़ियों के बीच समतल भूमि में थे, जहाँ के किसान चावल, चना, मकई की खेती करते थे। यहाँ प्राकृतिक जलस्रोतों की भी कमी नहीं थी। अतः फसल अच्छी होती थी। कुछ इतिहासकारों ने कहा है कि चारों तरफ से मुगलों की नाकेबंदी की वजह से प्रताप दाने-दाने को मोहताज हो गए थे। अगर लाखों की सेना थी तो इस पर्वतीय प्रदेश की चारों तरफ से नाकेबंदी नहीं कर सकती थी। दरअसल मेवाड़ का उत्तर-पूर्वी क्षेत्र ही मुगल सेना से घिरा हुआ था। शेष क्षेत्र उससे मुक्त था और सिरोही, ईडर, मालवा की तरफ से अन्न तथा आवश्यकता की अन्य वस्तुएँ मँगाने की सुविधा थी। अगर ऐसा नहीं होता तो चारों तरफ से घिरकर और दाने-दाने को मोहताज होकर कोई वर्षों तक इतनी बड़ी मुगल सेना से टक्कर कैसे लेता? या तो वह आत्मसमर्पण करता या फिर राजपूती परंपरा के अनुसार शत्रु पर टूट पड़ता। भले ही उनमें से हरेक योद्धा वीरगति ही क्यों न पाता।

राणा प्रताप के राजकोष में राणा कुंभा और राणा साँगा के समय

का बहुत सा संचित धन था जो उनके विश्वस्त भामाशाह की देख-रेख में सदा सुरक्षित रहा। उसकी गंध तक मुगलों को नहीं लगी। इसके अलावा स्वयं भामाशाह के पास और राणा के अन्य सामंतों के पास भी अपने पुरखों का कमाया पर्याप्त धन था। क्या वे फिर भी महाराणा और उनके परिवार को विपन्न अवस्था में रहने देते?

मेवाड़ के अलावा मेवाड़ के बाहर भी उनके बहुत से मित्र थे। स्वयं अकबर के दरबार में रहनेवाले कई राजपूत भी राणा के प्रशंसक ही नहीं बल्कि भक्त थे। आवश्यकता पड़ने पर वे भी उनकी गुप्त सहायता कर सकते थे। राणा ने अकबर के विरुद्ध जो इतना लंबा संघर्ष करके मेवाड़ को सदा स्वतंत्र रखा और राजपूती आन की रक्षा की, उसके लिए संभव है कि अकबर के दरबार के कुछ राजपूतों से भी उन्हें किसी-न-किसी प्रकार की गुप्त सहायता मिलती रही हो।

टॉड ने अपने राजपूताना के इतिहास में इस घटना का वर्णन किया है, लेकिन यह नहीं बताया कि ऐसी जानकारी उन्हें कहाँ से मिली, जबकि किसी भी अन्य इतिहासकार ने इसका वर्णन नहीं किया। राणा प्रताप के संधि-पत्र लिखने की दंतकथा अवश्य है, पर यह भी काल्पनिक ही लगती है। अगर उन्होंने कभी सम्राट् अकबर को कोई संधि-पत्र लिखा होता तो क्या अकबर के दरबार के मुसलिम इतिहासकार इसका जिक्र न करते?

दरअसल, राणा प्रताप को मुगलों से दबने या संधि करने की कोई आवश्यकता नहीं थी। मेवाड़ के पर्वतीय प्रदेश पर उनका सदा अधिकार रहा, जहाँ राणा प्रताप व उनके सभी सामंत एवं उन सबके परिवार पूर्ण सुरक्षा में रहे। इन दुर्गम प्रदेशों में मुगलों की घुसपैठ संभव न थी, न ही उन्हें या उनके सामंतों को कभी किसी चीज का अभाव रहा।

सवाल उठता है कि जब वास्तविकता यह थी तो फिर मेवाड़ के इस प्रतापी महाराणा की इतनी दयनीय स्थिति की आधारहीन कहानी कैसे

फैली, जो टॉड के कानों तक पहुँची और उन्होंने उसे इतिहास बना दिया? अकबर अपनी सारी शक्ति लगाकर भी राणा प्रताप को झुका नहीं सका था। मेवाड़ के स्वाधीन रहने से मुगल साम्राज्य को इतना नुकसान नहीं हो रहा था, जितनी उसके अहं को चोट पहुँची थी। ऐसा लगता है कि इस असफलता से हताश अकबर के घायल अहं की तुष्टि के लिए कुछ चाटुकारों ने ऐसे किस्से गढ़कर सम्राट् को सुनाए कि आपकी सेना से चारों तरफ से घिरकर प्रताप दाने-दाने को मोहताज हो गया है। उसके परिवार को रोटी तक़ नसीब नहीं होती। वह आपके भेजे सिपहसालारों से बचने के लिए जंगलों में मारा-मारा फिर रहा है आदि। इसके अलावा और भी कहानियाँ विभिन्न रूपों में प्रचलित हो गईं।

□

11

देवीर पर महाराणा का अधिकार

मेवाड़ को यथाशक्ति उजाड़कर और राणा प्रताप को पकड़ने के व्यर्थ प्रयत्नों से थककर शाहबाज खाँ अकबर के पास सीकरी लौट गया था। पाँच महीनों तक इतनी बड़ी सेना के साथ मेवाड़ के वन-पर्वतों की खाक छानकर भी उसके हाथ कुछ न लगा था, सिवा अंजर-बंजर सी धरती और जले हुए या टूटे-फूटे खँडहर के। जो बची-खुची नागरिकों या ग्रामीणों की बस्तियाँ थीं ,उन्हें शाहबाज खाँ के सैनिकों ने उसके आदेश पर लूट-खसोट, आगजनी और नरसंहार से उजाड़ डाला था।

ये सारे समाचार निरंतर राणा प्रताप तक पहुँच रहे थे। अपनी मातृभूमि और प्रिय प्रजा की दुर्दशा पर उनका मन बहुत व्यथित था, पर शत्रु की अपरिमित सेना से सीधा टकराना संभव नहीं था। उनकी सैनिक टुकड़ियाँ मुगलों को दंडित करने के लिए जहाँ-तहाँ उन पर आक्रमण करतीं, उनकी रसद और अन्य सामग्री लूट लेतीं, लेकिन इससे अधिक की सामर्थ्य उनमें न थी। इसके लिए एक बड़ी और शक्तिशाली सेना की आवश्यकता थी। प्रताप के पास साधन जरूर थे, पर सीमित थे। राज्य की आमदनी इतनी न थी कि किसी बड़ी सेना का गठन किया

जाता, उसे हथियारों से लैस किया जाता और लंबे समय तक बनाए रखा जाता। संघर्ष कितना लंबा चलेगा, इसका भी कुछ अनुमान न था। आवश्यकता पड़ने पर समय-समय पर मेवाड़ के संचित राजकोष से धन निकाला जाता था, पर उसकी अपनी सीमाएँ थीं, तो फिर बड़ी सेना के गठन के लिए धन कहाँ से आए? महाराणा इसी सोच में डूबे रहते।

मेवाड़ का खजाना भामाशाह की देख-रेख में था। वह हमेशा अपनी बहियों में आय-व्यय का हिसाब रखते थे। अतः उन्हें वस्तुस्थिति की पूरी जानकारी थी। वे भी जानते थे कि किसी बड़ी धनराशि के बल पर वेतनभोगी सेना एकत्र किए बिना मेवाड़ का उद्धार कराना संभव न होगा। भामाशाह कोषाध्यक्ष ही नहीं, वीर सेनानी भी थे। अपने भाई ताराचंद को साथ लेकर भामाशाह ने मालवा के पास के मुगल अधिकृत क्षेत्र को जमकर लूटा और एक बड़ी धनराशि एकत्र की। चमड़े के बड़े-बड़े थैलों में इन स्वर्ण-मुद्राओं, रजत-मुद्राओं आदि को भरकर और घोड़ों पर लादकर वे मेवाड़ की तरफ रवाना हो गए।

राणा प्रताप उस समय चुलिया गाँव में थे। भामाशाह उनकी सेवा में उपस्थित हुए और उनके सामने लूटकर एकत्र की गई 20,000 स्वर्ण मुद्राओं, 2,500,000 रुपए तथा हीरे-मोतियों की ढेरी लगा दी, फिर हाथ जोड़कर विनती की कि अन्नदाता, इस धन से सेना एकत्र करके आप मेवाड़ को मुगलों के अत्याचारों से मुक्त कराएँ। प्रताप उनकी देशभक्ति और त्याग से बहुत प्रभावित हुए, किंतु संकोचवश बोले कि यह तो आपकी कमाई है, इस पर मेरा अधिकार नहीं। भामाशाह ने उत्तर दिया कि आपने सारा राजकीय सुख-वैभव त्यागकर अपना जीवन मेवाड़ को स्वाधीन रखने के संघर्ष में लगा दिया है। यह धन मैं उसी मेवाड़ की स्वाधीनता के लिए अर्पित कर रहा हूँ, फिर इसे लेने में आप संकोच क्यों कर रहे हैं? उनके तर्क से निरुत्तर राणा ने अपनी स्वीकृति दे दी। सेना की भरती और अस्त्र-शस्त्रों की खरीद अविलंब आरंभ कर दी

गई। रसद का भी भरपूर प्रबंध किया गया।

सेना के पुनर्गठन के बाद छोटे-मोटे थानों पर राजपूतों ने आसानी से अधिकार कर लिया। वहाँ के मुगल रक्षक या तो मारे गए या उन्होंने इधर-उधर भागकर पास के मुगल थानों में शरण ली। त्रस्त जनता ने राहत की साँस ली।

राणा सोच रहे थे कि किसी ऐसे प्रमुख थाने को चुना जाए, जो सामरिक महत्त्व का भी हो और जहाँ मुगलों की पराजय से उनकी प्रतिष्ठा को गहरा आघात भी लगे। इसके लिए देवीर गाँव के थाने को चुना गया। वहाँ काफी मुगल सेना थी। शाहबाज खाँ ने मेवाड़ से लौटते समय रिश्ते में शहंशाह अकबर के चाचा सुलतान खाँ को देवीर का थानेदार नियुक्त किया था। सुलतान खाँ बहादुर सिपहसालार था और उस थाने की रक्षक सेना में भी शाहबाज खाँ ने चुने हुए सैनिक रखे थे। यह महत्त्वपूर्ण थाना देवगढ़ और गोयती के चौरस्ते पर था, जहाँ से होकर मेवाड़ जाने का रास्ता था। अतः इसकी सुरक्षा मुगलों के लिए विशेष महत्त्व रखती थी।

सुलतान खाँ अपनी ताकत के घमंड में चैन की बंसी बजा रहा था। उसने देवीर गाँव में छोटे-मोटे दरबार का माहौल बना रखा था, जहाँ महफिलें चलती थीं और दिन आमोद-प्रमोद में व्यतीत हो रहे थे। एक दिन ऐसी ही एक महफिल जमी थी कि सुलतान खाँ को भेदिए ने आकर खबर दी कि राजपूतों की एक फौज देवीर पर हमला करने के लिए आ रही है। उसने फौरन नगाड़े बजवाकर सारी सेना को इकट्ठा किया। वह एक योग्य सेनापति था। बिना कोई समय गँवाए उसने पूरी मोरचाबंदी कर दी और हमले का इंतजार करने लगा, पर कोई हमला नहीं हुआ। रतजगे से उसके सिपाही खीज गए थे। उन्हें लगा कि शायद खबर गलत थी या राजपूतों को हमला करने का हौसला नहीं हुआ, लेकिन अनुभवी सुलतान खाँ ने जरा भी गफलत नहीं की। उसने सबको

सावधान करने का सख्त हुक्म दिया।

सुलतान खाँ ने सब तरफ हरकारों और भेदियों को तैनात कर रखा था। सुबह पौ फटने से कुछ पहले ही एक और भेदिए ने आकर खबर दी कि राणा प्रताप खुद एक बड़ी सेना लेकर देवीर की तरफ बढ़ रहे हैं, तब तक राजपूत सामने आ गए। रणभेरी बज उठी। नगाड़े बजे। सुलतान खाँ खुद हाथी पर बैठकर सेना का नेतृत्व कर रहा था। उसका हरावल दस्ता आगे बढ़ा तो राजपूत थोड़ा पीछे हट गए। सुलतान खाँ ने अपनी सेना को आगे बढ़कर उन्हें खदेड़ने का हुक्म दिया। जब उसके सैनिक जोश में अपने जमे हुए मोरचों से आगे आए तो राजपूतों ने पूरी शक्ति से उन पर प्रहार किया। यह हल्दीघाटी का जवाब था, जहाँ मानसिंह ने प्रताप की सेना को उकसाकर अपने सुरक्षित मोरचों से बाहर निकाला था।

आमने–सामने की लड़ाई में मुगल सेना ने बड़ी बहादुरी से हमले का मुकाबला किया। सुलतान खाँ खुद आगे आकर बड़ी वीरता से लड़ रहा था, तभी उसकी बदकिस्मती से उसका हाथी घायल हो गया और चिंघाड़कर भागा। सुलतान खाँ फिर भी विचलित नहीं हुआ। वह शीघ्र ही घोड़े पर सवार होकर आगे आया। राजपूतों को हल्दीघाटी के बाद पहली बार एक बड़ी मुगल सेना से आमने–सामने लड़ने का अवसर मिला था। उनका जोश और आक्रोश अपने चरम पर था। मुगलों के पैर उखड़ने लगे। बाकी की कसर पिता के साथ कंधे–से–कंधा मिलाकर लड़ रहे अमरसिंह के भाले के एक तीखे प्रहार ने पूरी कर दी। कहते हैं कि अमरसिंह ने इतने जोर से वार किया था कि उसका भाला सुलतान खाँ के कवच को भेदता हुआ उसके शरीर के पार निकलकर घोड़े के शरीर में जा धँसा। घोड़ा और सवार दोनों धड़धड़ाकर जमीन पर जा गिरे।

अपने सेनापति को मरते देख मुगलों के हौसले पस्त हो गए। सिपाहियों को जिधर रास्ता मिला, वे भाग खड़े हुए। देवीर थाने पर राणा का कब्जा हो गया।

इस बारे में एक कथा यह भी प्रचलित है कि युद्ध समाप्त होने पर अमरसिंह ने दम तोड़ते शत्रु सेनापति सुलतान खाँ के शरीर से अपना भाला निकाला और अपने हाथ से उसे पानी पिलाया। सुलतान खाँ ने अपने प्राण लेनेवाले युवक की तरफ देखा। उसकी आँखों में अपने शत्रु के लिए घृणा नहीं, प्रशंसा झलक रही थी, फिर उसने सदा के लिए आँखें मूँद लीं।

देवीर की विजय राणा की एक अत्यंत महत्त्वपूर्ण विजय थी। उनका अगला लक्ष्य कुंभलगढ़ को शत्रु के अधिकार से मुक्त कराना था। रास्ते में उन्होंने पहले हमीरसरा पर अधिकार किया और थोड़ा विश्राम करने के बाद कुंभलगढ़ की ओर सावधानी से बढ़े। उन्हें याद था कि किस तरह स्वयं उनकी एक छोटी सी रक्षक सेना ने शाहबाज खाँ के इतने बड़े आक्रमण का प्रतिरोध किया था। अपना काफी नुकसान करने के बाद ही शाहबाज खाँ कुंभलगढ़ जीत सका था। वह भी तोप में विस्फोट हो जाने की दुर्घटना के कारण, लेकिन कुंभलगढ़ की मुगल सेना ने अधिक प्रतिरोध नहीं किया और गढ़ आसानी से राजपूतों के हाथ आ गया। देवीर में मुगल सेना की पराजय और सुलतान खाँ जैसे सिपहसालार के मारे जाने की खबर कुंभलगढ़ पहुँच चुकी थी, जिसने वहाँ की मुगल सेना के हौसले पस्त कर दिए थे।

राणा का विजय अभियान जारी रहा। रास्ते के मुगल अधिकृत क्षेत्र को सरलता से जीतते हुए वे चावंड पहुँचे। चामुंडा देवी का यहाँ एक अत्यंत प्राचीन मंदिर होने के कारण इस स्थान का नाम चावंड पड़ा है। मंदिर जीर्ण-शीर्ण अवस्था में था जिसे महाराणा ने फिर से बनवाया। कुछ समय तक उन्होंने वहीं ठहरकर आगे की योजना बनाई।

शाहबाज खाँ ने जाते समय मेवाड़ के जीते हुए इलाके की सुरक्षा के लिए 25 थाने बनाए थे और वहाँ पर्याप्त सेना रखी थी। इन थानों को आवश्यकता पड़ने पर एक-दूसरे की सहायता करने के निर्देश भी उसने

दिए थे। राणा प्रताप ने दोबारा इन पर अधिकार करने की रणनीति बनाते हुए यह निर्णय लिया था कि शुरुआत छोटे थानों से नहीं, बड़े और महत्त्वपूर्ण थाने से की जाए। इसीलिए उन्होंने पहले आक्रमण और शक्ति-परीक्षण के लिए देवीर को चुना। यह रणनीति बहुत सफल रही। राजपूतों की देवीर-विजय की खबरें पूरी अतिरंजना के साथ मुगलों के अन्य थानों में पहुँच चुकी थीं। वहाँ भी सेनाओं में आतंक फैल गया था। देखते-ही-देखते बिना कड़े मुकाबले के राणा प्रताप की सेना ने सभी थाने मुक्त करा लिए। पराजित मुगल सैनिक जान बचाकर अजमेर तक भागे। प्रताप की सेना के राजपूत युवकों का खून खौल रहा था। एक लंबे अरसे से मुगल सैनिकों के अपने विजित क्षेत्रों में लूटमार और आगजनी के समाचार उनके कानों तक पहुँच रहे थे। प्रतिशोध की ज्वाला में जल रहे ये युवक अवसर की तलाश में थे। अब मौका मिला तो उन्होंने हर मुगल थाने पर भरपूर शक्ति से प्रहार किया और जो भी शत्रु-सैनिक सामने आया, उसे काटकर रख दिया।

डूंगरपुर के राव आसकरण और बाँसवाड़ा के राव प्रताप मेवाड़ के मित्र थे। मेवाड़ पर किसी भी प्रकार का संकट आने पर वे परोक्ष रूप से महाराणा की सहायता करते थे। राजा भगवानदास कछवाहा ने उन दोनों को डरा-धमकाकर और लालच देकर अकबर की अधीनता स्वीकार करने को राजी कर लिया था। राणा प्रताप के लिए उन्हें वापस अपने साथ रखना आवश्यक था। मेवाड़ के सीमावर्ती इन दोनों राज्यों के शत्रु के अधीन रहने से सदा वहाँ से खतरा बना रहता। उन्होंने पुराने मैत्री संबंधों की बात चलाकर उन्हें दोबारा मेवाड़ के साथ मित्रता के लिए कहा, पर ये नहीं माने। एक बार मुगलों की शरण में चले जाने के बाद उनके लिए ऐसा करना सरल न था। उनके लिए इस बात पर विश्वास करना भी कठिन था कि मुगलों के आक्रमण करने पर मेवाड़ की सेना उनकी रक्षा कर पाएगी।

इन दोनों राज्यों के सामरिक महत्त्व को देखते हुए और संधि-वार्त्ता के सभी प्रयास विफल हो जाने पर राणा प्रताप ने एक सेना उन पर आक्रमण करने के लिए भेजी। युद्ध में ये दोनों पराजित हुए और डूंगरपुर व बाँसवाड़ा मेवाड़ के अधीन हो गए।

सन् 1578 में सोम नदी के तट पर हुए इस युद्ध के परिणाम के बारे में इतिहासकारों में मतभेद है। कुछ का कहना है कि रावल मान के नेतृत्व में राणा प्रताप ने जो सेना भेजी थी, वह डूंगरपुर और बाँसवाड़ा को परास्त करने में सक्षम थी, लेकिन उनकी सहायता के लिए जोधपुर के राव चंद्रसेन भी अपनी सेना लेकर आए थे। इनके अनुसार युद्ध में मेवाड़ की सेना को डूंगरपुर और बाँसवाड़ा पर अधिकार करने में सफलता नहीं मिली, जबकि उसके योद्धा बड़ी वीरता से लड़े। मुगलों ने भी अपने अधीन इन राज्यों की रक्षा के लिए भरसक प्रयास किया। यह संघर्ष लंबा चला था और लगता है कि संभवत: अनिर्णीत रहा, इसलिए कौन विजयी हुआ इस बारे में मतभेद है। बहरहाल राणा प्रताप को इसका एक स्पष्ट लाभ तो यह हुआ कि मुगल सेना बाँसवाड़ा और डूंगरपुर के सैनिक संघर्ष में उलझी रही, जिससे महाराणा को अपनी स्थिति मजबूत करने और शक्ति बढ़ाने का अवसर मिल गया।

अकबर को राणा प्रताप के इस विजय अभियान के सारे समाचार मिल रहे थे। चाटुकारों की सुनाई कपोल कल्पित कहानियों की कलई भी उस पर खुल चुकी थी। अगर कल तक महाराणा प्रताप मुगलों के डर से जंगल में छिप रहा था और दाने-दाने को मोहताज था तो एकाएक उसमें इतनी ताकत कहाँ से आ गई कि उसने छह महीने के अंदर मुगलों के जीते सारे इलाके पर फिर से अधिकार कर लिया। एक सेना डूंगरपुर और बाँसवाड़ा विजय के लिए भेजी। उसके छापामार दस्ते मालवा के मुगल अधिकृत क्षेत्र में आए दिन छापे मार रहे थे।

सम्राट् अकबर के लिए यह सब असह्य और अत्यंत अपमानजनक

था कि छोटा सा मेवाड़ इतने बड़े मुगल साम्राज्य की शक्ति को ललकारें और वर्षों के प्रयास के बावजूद स्वतंत्र बना रहे। बहुत सोच-विचार के बाद उसने एक बार फिर शाहबाज खाँ को ही मेवाड़ पर चढ़ाई करने के लिए एक विशाल सेना के साथ भेजने का फैसला किया। उसकी सहायता के लिए अकबर ने कुछ चुने हुए सिपहसालारों, मीरजाद, मुहम्मद हुसैन, गाजी खाँ, अली खाँ आदि को उसके साथ कर दिया। अकबर को लगा कि सैन्य शक्ति शायद मेवाड़ को पराभूत करने के लिए पर्याप्त नहीं। इसलिए इस बार शाहबाज खाँ को सेना के अलावा बहुत बड़ी धनराशि भी दी, जिसके बलबूते पर राजपूत सामंतों को खरीदकर अपने साथ मिलाया जा सके। कुछ विश्वासघातियों को खरीदकर राणा का पता लगाया जा सके कि वह कहाँ हैं और फिर उस क्षेत्र को घेरकर उन्हें गिरफ्तार किया जा सके। पिछली असफलताओं से क्षुब्ध शहंशाह अकबर ने इस बार अपने सेनानियों को धमकी भी दी कि इस बार सफल नहीं हुए तो कठोर दंड दिया जाएगा।

15 दिसंबर, 1570 को शाहबाज खाँ अपना विशाल लाव-लश्कर और प्रचुर धनराशि लेकर बड़ी उम्मीद के साथ महाराणा प्रताप के विरुद्ध अपने दूसरे सैनिक अभियान पर निकला। पिछले अनुभव के बावजूद वह मेवाड़ को अधीन करने व राणा को गिरफ्तार करने के सपने देख रहा था कि सफलता मिलने के बाद बादशाह सलामत उसे कितना बड़ा ओहदा देंगे। राणा प्रताप को भी मुगलों की विशाल सेना के आने का समाचार मिल गया था। शत्रु से सीधे संघर्ष की रणनीति उन्होंने त्याग दी थी। अत: एक बार फिर वे मैदानी इलाका छोड़कर पर्वतीय वन प्रदेश में चले गए, जहाँ से छापामार युद्ध के जरिए अपना कम-से-कम नुकसान करके शत्रु को अधिक-से-अधिक नुकसान पहुँचा सकते थे।

शाहबाज खाँ ने आकर अपने सभी हारे हुए क्षेत्र फिर से जीत लिए। उसे विशेष प्रतिरोध का सामना नहीं करना पड़ा। उसके बाद

शाहबाज खाँ ने पहले की तरह ही राणा प्रताप को खोजने का प्रयास किया। करीब तीन महीने मेवाड़ के जंगलों की खाक छानी। राणा का पता बताने के लिए बड़े-बड़े प्रलोभन दिए, जिसके बदले में उसे जो भी जानकारी मिली, गलत मिली। उसे पता नहीं था कि मेवाड़ का एक-एक निवासी अपने राणा के लिए प्राण दे सकता है। निराश होकर वह बादशाह के पास फतेहपुर लौट गया। वहाँ जाकर उसने अपनी जीत के किस्से अकबर को सुनाए, पर वह अधिक प्रभावित नहीं हुआ, क्योंकि वह जानता था कि यह कैसी जीत है और इसके बाद क्या हासिल हुआ, लेकिन शहंशाह खून का घूँट पीकर रह गया।

शाहबाज खाँ ने पहले की तरह लौटते समय जगह-जगह मुगल थाने नियुक्त कर दिए थे। सुरक्षा के तमाम प्रबंध करने के बाद ही वह मेवाड़ से हटा था, लेकिन उसके पीठ फेरते ही पहलेवाला सिलसिला फिर आरंभ हो गया। राणा प्रताप के छापामार दस्तों ने मुगल थानों को जीतना, लूटना आरंभ कर दिया। अगर शत्रु की कोई सैनिक टुकड़ी कहीं दिखाई देती तो अचानक हमला करके उसे मौत के घाट उतार देते और रसद आदि लूट लेते।

देखते-ही-देखते मेवाड़ का बहुत सा क्षेत्र उन्होंने मुगलों से मुक्त करा लिया। अकबर को लगा था कि शाहबाज खाँ राणा प्रताप को पकड़ तो नहीं सका, लेकिन उसने राजपूतों की शक्ति क्षीण कर दी है। दरअसल शाहबाज खाँ अपनी सारी बहादुरी मेवाड़ को उजाड़ने, आगजनी और हत्याओं का बाजार गरम करने या देव प्रतिमाओं को क्षतिग्रस्त करने में दिखाता था। जो समाचार मेवाड़ से आ रहे थे, उनसे अकबर समझ गया कि शाहबाज खाँ की सैनिक कारवाइयों के किस्से अतिरंजनापूर्ण ही थे। अकबर परेशान हो गया। वह किसी भी कीमत पर मेवाड़ पर अधिकार जमाना चाहता था, लेकिन वर्षों के प्रयास विफल रहे थे। आदमी का किसी स्थिति पर जब कोई वश न चले तो वह दैवी सहायता

पाने का प्रयास करता है। भले ही यह एक झूठा दिलासा ही क्यों न साबित हो। अकबर एक बार फिर अजमेर गया और वहाँ ख्वाजा की दरगाह पर जाकर दुआ माँगी। हालाँकि इससे पहले माँगी मेवाड़ विजय की दुआएँ व्यर्थ साबित हुई थीं।

ख्वाजा की दरगाह पर अक्तूबर 1579 में दुआएँ माँगने, माथा टेकने और चढ़ावे चढ़ाने के बाद अकबर सांभर आया और वहाँ बैठकर मेवाड़ को कुचलने की योजना बनाने लगा। उसकी परेशानी यह थी कि मेवाड़ अभियान के लिए अकबर को शाहबाज खाँ ही सबसे उपयुक्त और योग्य सेनापति लगता था, लेकिन बादशाह निरीह नागरिकों पर अमानुषिक अत्याचार करने और देव प्रतिमाओं को खंडित करने की उसकी हरकतों को पसंद नहीं करता था। यह वह अकबर नहीं था जिसने कभी चित्तौड़ में 30 हजार निहत्थे नागरिकों का नरसंहार किया था और अपनी हार जैसी जीत की खीज मिटाने के लिए मेवाड़ के जीते हुए इलाके को उजाड़कर रख दिया था। अब अपने विचारों में कहीं अधिक परिपक्व हो चुका अकबर समझ गया था कि यदि भारत पर शासन करना है तो हिंदुओं को साथ लेकर चलना होगा। विशेष रूप से वीर राजपूतों को। उनकी धार्मिक भावनाओं को कम सम्मान देकर और शेष हिंदुओं पर अत्याचार करके स्थायी साम्राज्य की कल्पना करना मूर्खता ही होगी।

अकबर के सामने यही समस्या थी। शाहबाज खाँ समझता था कि दमन-चक्र चलाकर, घोर अत्याचार करके और हिंदुओं की धार्मिक भावनाओं को कुचलकर ही उन्हें वश में किया जा सकता है। उसने बादशाह को भी समझाने की कोशिश की कि मेवाड़ को झुकाने का यही एक रास्ता है। कुशल शासक और कूटनीतिज्ञ अकबर इससे सहमत नहीं हुआ, हालाँकि वह शाहबाज खाँ को एक योग्य सेनानी मानता था। अतः एक बार फिर उसी को महाराणा प्रताप के विरुद्ध भेजने का निर्णय लिया।

शाहबाज खाँ ने अकबर को भरोसा दिलाया कि इस बार मेवाड़ पर संपूर्ण विजय प्राप्त करके और घमंडी राजपूत राणा प्रताप को आपके कदमों में झुकाकर ही दम लूँगा। इस इरादे के साथ और पुराने कटु अनुभवों के बावजूद ऊँचे मंसूबे बाँधता हुआ शाहबाज खाँ नवंबर 1579 में तीसरी बार बहुत बड़ी सेना लेकर मेवाड़ के लिए चल पड़ा। शाहबाज खाँ ने मेवाड़ पर अधिकार करना आरंभ किया। इतनी बड़ी सेना लेकर ऐसा करना कोई मुश्किल काम तो था नहीं। राणा अपने सामंतों और अधिकांश सेना के साथ पुरानी युद्ध नीति के अनुसार पर्वतों के सुरक्षित प्रदेश में चले गए थे। यह उनकी आजमाई हुई रणनीति थी, जो सदा सफल रही थी।

शाहबाज खाँ ने एड़ी-चोटी का जोर लगा दिया। जहाँ-जहाँ खबर मिली, राणा प्रताप को घेरने के लिए पागलों की तरह दौड़ा, लेकिन कुछ हाथ नहीं लगा। कहीं तो रास्ते में घात लगाकर बैठे राजपूत युवकों के अचानक धावे का सामना करना पड़ता, कहीं सँकरे पहाड़ी रास्ते पर भीलों के जहर में डूबे बाण उसका स्वागत करते। हर बार उसे गलत ही सुराग मिलता, ऐसा नहीं था, लेकिन जब तक शाहबाज खाँ अपनी सेना लेकर राणा की खोज में निकलता, पहाड़ों के दुर्गम छोटे रास्ते से आकर कोई भील उन्हें शत्रु के आने का समाचार दे देता।

एक अरसे तक यही चलता रहा। उसके बाद महाराणा प्रताप सोढ़ा के पर्वतीय क्षेत्र में चले गए। लोयाना के राव धूला को यह समाचार मिला तो उन्होंने आकर महाराणा से अपना आतिथ्य स्वीकार करने की प्रार्थना की। वह राणा प्रताप के प्रशंसक, देशभक्त और विश्वसनीय थे। राणा प्रताप ने सहर्ष उनकी बात स्वीकार कर ली। राव लूना ने अपने दुर्ग में महाराणा के रहने और सुख-सुविधाओं का पूरा प्रबंध कर दिया। कुछ दिन बाद उन्होंने विशेष अनुरोध करके राणा प्रताप से अपनी पुत्री का विवाह भी कर दिया।

इधर शाहबाज खाँ राणा प्रताप को जंगलों में खोजता फिर रहा था। कभी कोई वनवासी, कभी कोई गड़रिया राणा प्रताप का शिविर कहीं देखे जाने की जानकारी देता, कभी कहीं, जहाँ वह अपने परिवार और सामंतों के साथ देखे गए। शाहबाज खाँ बार-बार असफल होने पर भी उधर भाग खड़ा होता कि कभी तो खबर सच्ची होगी, कभी तो सफलता मिलेगी। एक ओर जहाँ सफल होने पर मान-सम्मान, ऊँचा ओहदा और जागीर मिलने का लोभ था तो दूसरी ओर असफल होने पर अकबर के कोप का भाजन बनना पड़ता। शाहबाज खाँ के मेवाड़ के लिए कूच करते समय बादशाह ने गुस्से में उसे और उसके साथ जाने वाले सिपहसालारों को धमकी दी थी कि खाली हाथ लौटे तो तुम सबके सर कलम करवा दूँगा। वह अपनी कोशिशों में लगा रहा और साथ ही यथाशक्ति मेवाड़ को उजाड़ता रहा।

अकबर को निरंतर शाहबाज खाँ के प्रयत्नों के समाचार मिलते रहते थे, बल्कि यह कहना अधिक उपयुक्त होगा कि उसकी असफलताओं के समाचार मिलते रहते थे। उसका धैर्य समाप्त हो गया। शाहबाज खाँ और उसके साथ गए सिपहसालारों को मेवाड़ अभियान पर गए सात महीने से अधिक समय हो गया था और अभी तक उनकी सैनिक कारवाइयों का कोई ठोस, निर्णायक परिणाम सामने नहीं आया था। वह बहुत झल्लाया और उसने शाहबाज खाँ को वापस लौटने के आदेश जारी कर दिए। बादशाह के आदेश का पालन करते हुए 12 जून, 1580 को शाहबाज खाँ उसके गुस्से का सामना करने के लिए दरबार में हाजिर हुआ। अकबर ने इन सबके सर तो कलम नहीं करवाए, पर उन्हें उसकी झिड़कियों और अपमान का सामना करना पड़ा।

हल्दीघाटी की लड़ाई 21 जून, 1576 को हुई थी और अब जून 1580 था। इस दौरान किए गए मेवाड़ विजय के सारे अभियान निष्फल साबित हुए थे, पर अकबर हार मानने वालों में से नहीं था। उसने अपने

एक और योग्य सिपहसालार रुस्तम खान को इस काम के लिए चुना। उसे अजमेर का सूबेदार बनाया और एक बड़ी सेना उसके अधीन करके मेवाड़ जीतने का काम सौंपा। लेकिन रुस्तम खान की किस्मत में कुछ और ही लिखा था। अजमेर की सूबेदारी सँभालने और वहाँ की सुरक्षा व्यवस्था को अपने तरीके के चाक-चौबंद करने के बाद रुस्तम खान ने मेवाड़ पर चढ़ाई की योजना बनानी शुरू की। वह जानता था कि जिस काम को तीन-तीन बार कोशिश करके शाहबाज खाँ अंजाम नहीं दे सका, वह आसान न होगा। इसलिए वह अपना अभियान पूरी तैयारी के साथ करना चाहता था, ताकि शहंशाह के सामने शर्मिंदा न होना पड़े।

इससे पहले कि रुस्तम खान राणा प्रताप के विरुद्ध कोई कदम उठाता, शेरपुरा के कछवाहा राजपूतों ने विद्रोह कर दिया। रुस्तम खान एक सेना लेकर उस विद्रोह को कुचलने के लिए निकल पड़ा। जून 1580 में दोनों सेनाओं में भयंकर युद्ध हुआ। कछवाहा राजपूत बड़ी वीरता से लड़े और उस युद्ध में उन्होंने रुस्तम खान को मार गिराया।

रुस्तम खान के मरने के बाद अकबर ने बैरम खाँ के बेटे अब्दुर्रहीम खानखाना को अजमेर का सूबेदार बनाया और मेवाड़ जीतने तथा राणा प्रताप को बंदी बनाने का काम उसे सौंपा। खानखाना मेवाड़ अभियान पर जा चुका था। उसे मेवाड़ के युद्धों, वहाँ की भौगोलिक स्थिति और राजपूतों की युद्ध-प्रणाली के बारे में पर्याप्त अनुभव था। उसने अपना पद सँभाला और मेवाड़ के विरुद्ध सैनिक अभियान की तैयारी की। खानखाना ने शेरपुरा को आधार बनाया, क्योंकि यह गाँव गोगूंदा के बहुत करीब था। खानखाना ने थोड़ी रक्षक सेना के साथ अपने परिवार को वहाँ छोड़ा और अपना लाव-लश्कर लेकर जून 1580 में उधर बढ़ा।

मुगल सेनापति ने यह तो सोचा कि गोगूंदा के निकटवर्ती गाँव को आधार बनाने से उसे अपनी सैनिक काररवाई के संचालन में सुविधा होगी, पर यही उसकी एक बड़ी भूल थी।

राजकुँवर अमरसिंह छापामार युद्ध की आँच में तपकर बड़ा हुआ था। पिता के साथ वह हर युद्ध में मौजूद रहा था। राणा प्रताप का पुत्र उनके ही समान वीर और रणकुशल था। उसके साथ युवा राजपूतों की सेना थी, जो अपने सेनापति का हर इशारा समझती थी। खानखाना ने शेरपुरा में पड़ाव डाला तो राणा प्रताप समझ गए कि उसका लक्ष्य गोगूंदा है। महाराणा उन दिनों वहीं थे। खानखाना का सामना करने की अपनी रणनीति बनाने के बाद उन्होंने अमरसिंह को समझाया, ''अमर, मुगल सेना के आगे बढ़ने पर तुम अपने दल के साथ धीरे-धीरे पीछे हटना शुरू कर देना। इसके समाचार मिलने पर खानखाना समझेगा कि तुम लोग हमेशा की तरह पहाड़ों की शरण में जा रहे हो, फिर वहाँ के सँकरे जंगली रास्तों से होते हुए अवसर देखकर शेरपुरा पर धावा करना। इधर खानखाना के आने पर मैं उसे छापामार युद्ध में उलझाए रखूँगा। मेरी सेना जैसे-जैसे पीछे हटेगी, वह आगे बढ़ेगा, तब थोड़ी सी रक्षक सेनावाले शेरपुरा को जीतना तुम्हारे लिए आसान हो जाएगा। वहाँ तुम्हें काफी रसद और हथियारों का भंडार मिलेगा। साथ ही मुगल सेना को शेरपुरा से मिलनेवाली आपूर्ति भी बंद हो जाएगी।''

महाराणा की रणनीति सफल रही। खानखाना ने पुराने अनुभवों के आधार पर समझा कि राणा प्रताप हमेशा की तरह जंगलों में भाग रहे हैं। उसने उनका पीछा करने का अभियान तेज कर दिया। महाराणा उसे छकाते हुए ढोलान की तरफ निकल गए। इधर अमरसिंह ने शेरपुरा पर अचानक धावा बोलकर वहाँ की सारी रसद, शस्त्रागार आदि लूट लिए। इसके साथ ही खानखाना के परिवार की बेगमों को भी गिरफ्तार कर लिया। राजपूत मुगलों की तरह न थे कि महिलाओं पर अत्याचार करते। उनके साथ तनिक भी दुर्व्यवहार न हुआ। बंदी अवश्य बनाया गया, पर उन्हें पूरे सम्मान के साथ रखा गया। अमरसिंह की मंशा तो केवल मुगल सेनापति पर दबाव डालने की थी, न कि उसकी बेगमों का अपमान

करने की। शेरपुरा अभियान की सफलता और खानखाना के हरम को बंदी बनाने का समाचार कुँवर अमरसिंह ने तुरंत हरकारे दौड़ाकर महाराणा को भेजा।

राणा प्रताप अपने पुत्र की सफलता पर प्रसन्न हुए, पर खानखाना की बेगमों को बंदी बनाने की बात उन्हें जरा भी पसंद नहीं आई। उन्होंने तुरंत संदेश भेजा कि खानखाना की स्त्रियों को पूरे सम्मान के साथ उन्हें लौटा दिया जाए। इधर खानख़ाना सकते में आ गया था। उसने कल्पना भी न की थी कि राजपूत शेरपुरा पर आक्रमण भी कर सकते हैं। न ही किसी को उनके इस तरफ बढ़ने की भनक तक मिली थी। अपने परिवार की सुरक्षा को लेकर खानखाना का चिंतित होना स्वाभाविक ही था, तभी उसे खबर मिली कि एक दूत उसके हरम की सभी बेगमों को लेकर आया है और उसके सामने उपस्थित होना चाहता है। उस युवक ने खानखाना से क्षमा माँगी और वादा किया कि भविष्य में कभी भी ऐसी भूल नहीं होगी। खानखाना की बेगमों ने जब राजपूत युवकों के उनके प्रति आदर-मान दिखाने की प्रशंसा की तो खानखाना का कवि हृदय भावविभोर हो गया।

कहते हैं खानखाना ने उस युवक को इनाम देना चाहा, लेकिन उसके विनम्रतापूर्वक इनकार करने पर उसे शक हो गया।

''तुम अमरसिंह हो?'' अचानक खानखाना के मुँह से निकला।

''जी,'' अमरसिंह आँखें नीची करके इतना ही बोला।

उसे अपनी भूल पर पश्चात्ताप हो रहा था।

इधर खानखाना गद्गद थे। जैसा पिता वैसा पुत्र। आखिर मैं शत्रु ही हूँ। फिर भी किसी दूत को भेजने के बजाय खतरे की परवाह न करके खुद आया। खानखाना ने उसका उचित सत्कार करके भेजा। कहते हैं कि उसकी बड़ी बेगम ने खास तौर से राजपूत बेटे को आशीर्वाद और ढेर सारी दुआएँ देकर विदा किया।

खानखाना महाराणा के उसके परिवार के प्रति आदर-मान से कृतज्ञ तो हुआ, लेकिन उसे बादशाह के प्रति अपने कर्तव्य का भान भी था। वह एक योग्य और बहादुर सेनापति था। उसने फिर से उन सब क्षेत्रों पर अधिकार करना आरंभ किया, जो राजपूतों ने जीत लिए थे। इधर अकबर को शेरपुरा लौटाए जाने की सारी घटना का समाचार मिला। बैरम खाँ के बहादुर बेटे के लिए बादशाह के मन में सम्मान की भावना थी। उसने मन-ही-मन खानखाना के कर्तव्य-पालन की सराहना की, लेकिन महाराणा के प्रति कृतज्ञ खानखाना को उन्हीं के विरुद्ध लड़ने के धर्मसंकट से बचाने का निर्णय लिया। खानखाना को अजमेर की सूबेदारी से तो नहीं हटाया गया, पर उन्हें मेवाड़ के विरुद्ध सैनिक कारवाई करने से मुक्त कर दिया गया। शहंशाह अकबर ने इस बार राजा भगवानदास के भाई जगन्नाथ कछवाहा को राणा प्रताप के विरुद्ध युद्ध के लिए भेजने का फैसला किया। जगन्नाथ कछवाहा बादशाह का हुक्म बजाने के लिए एक बड़ी सेना लेकर दिसंबर 1584 में चल पड़ा। वह वीर योद्धा था, लेकिन राजपूतोंवाले और कोई गुण उसमें न था। निरीह नागरिकों की हत्या करना, औरतों एवं बच्चों पर अत्याचार करना, बस्तियाँ उजाड़ना जैसी वहशियाना हरकतें करके वह आनंदित होनेवाला नर-पिशाच था। अपने से पहले के सभी मुगल सेनानियों (मानवतावादी कवि खानखाना को छोड़कर) की तरह वह भी यही समझता था कि अमानुषिक अत्याचारों और लूट-खसोट मचाकर मेवाड़ की प्रजा को अधीन किया जा सकता है। जितना अधिक ये सेनापति दमन करते थे, उतनी ही साधारण मेवाड़वासियों के मन में इनके प्रति घृणा बढ़ती थी और साथ ही अपने उद्धारकर्ता और इनके साथ संघर्ष करनेवाले राणा प्रताप के लिए इनके मन में श्रद्धा-भक्ति और गाढ़ी हो जाती थी। इसीलिए मेवाड़ का बच्चा-बच्चा अपने महाराणा का अंधभक्त था, जो उनके लिए हँसते-हँसते प्राण न्योछावर कर सकता था। जगन्नाथ कछवाहा सहित सभी मुगल

सेनापतियों ने इन्हीं लोगों को धन का लोभ देकर या फिर डरा-धमकाकर राणा प्रताप का पता मालूम करने की मूर्खता की थी। महाराणा पश्चिम में होते तो वे बताते थे कि अभी-अभी पूर्व में देखे गए हैं। उत्तर दिशा में कहीं होते तो तो दक्षिण में देखे बताए जाते थे।

जगन्नाथ कछवाहा ने भी राजपूतों का कम प्रतिरोध होने और अपनी विशाल सेना के बल पर एक-एक करके राणा प्रताप द्वारा जीते गए सभी मुगल थानों पर फिर से अधिकार जमाया। मोही, मांडलगढ़, मदारियामो आदि पर अधिकार जमाने के बाद उसने वहाँ की सुरक्षा-व्यवस्था कायम की। इनमें सबसे महत्त्वपूर्ण मांडलगढ़ था। जगन्नाथ कछवाहा ने एक योग्य और अनुभवी सिपहसालार सैयद राजू को उसकी सुरक्षा का भार सौंपा और एक सुरक्षा-सेना उसके मातहत कर दी। इसके बाद वह राणा प्रताप का पता लगाने के लिए जंगलों-पहाड़ों की खाक छानने लगा। जिधर भी कोई सुराग लगता, वह सेना लेकर उस इलाके को घेर लेता और उसका चप्पा-चप्पा छान मारता, पर परिणाम वही निकला जो अब तक निकलता आया था। महाराणा का कहीं भी कुछ पता न चल सका।

दरअसल जगन्नाथ कछवाहा किस तरफ आ रहा है, इसकी खबर महाराणा को बराबर मिलती रहती थी। वह चित्तौड़ के पर्वतीय क्षेत्र में चले गए थे, लेकिन इस बार हमेशा की तरह किसी सुरक्षित स्थान में छिपे रहकर शत्रु सेनापति के लौटने के इंतजार में नहीं थे। स्थिति बदल चुकी थी। इन वर्षों में जहाँ मुगलों का अनुमान था कि राणा प्रताप की शक्ति क्षीण हुई है और दबाव पड़ने पर उन्हें आत्मसमर्पण करना पड़ेगा, वहाँ उनकी शक्ति बढ़ी थी। कुछ संसाधन तो उनके छापामार दस्तों ने मुगलों के ठिकानों पर आक्रमण करके लूटे हुए शस्त्रों, रसद वगैरह से इकट्ठे किए थे, लेकिन इस बार भी संसाधन जुटाने में भामाशाह का योगदान बहुत महत्त्वपूर्ण रहा। राणा प्रताप के इस देशभक्त मंत्री ने

गुजरात के कुछ बड़े धनिकों से अच्छे संबंध बना लिए थे। अपने जहाजों पर विदेशों से माल मँगाकर बेचनेवाले ये व्यापारी बहुत धनवान थे और राणा प्रताप के प्रति उनकी अगाध श्रद्धा थी। इन्होंने मेवाड़ के मुगलों के विरुद्ध संघर्ष जारी रखने के लिए भामाशाह को प्रचुर धन दिया, लेकिन साथ ही ताकीद की कि इस बात को नितांत गुप्त रखा जाए। उन्हें डर था कि अगर अकबर को जरा सी भी भनक लग गई तो उनकी खैर नहीं।

भामाशाह जब भी गुजरात से कोई बड़ी धनराशि लाता, कभी उसे महाराणा के संचित खजाने से निकाली बताता (खजाने का प्रमुख वही था), कभी अपनी जोड़ी हुई पूँजी बताता तो कभी मालवा की लूट का धन बताता।

एक तो इन संसाधनों के कारण महाराणा की शक्ति बढ़ी थी, दूसरा मुख्य कारण उनकी रणनीति थी। इन वर्षों में उन्होंने सदा प्रयास किया कि उनकी सेना को कम-से-कम नुकसान पहुँचे, शत्रु को ज्यादा-से-ज्यादा। अत: राणा प्रताप ने जगन्नाथ कछवाहा के दूर निकल जाने पर उसके जीते हुए मुगल थानों पर आक्रमण करके उन्हें फिर से अपने अधीन करना आरंभ कर दिया। यह अप्रत्याशित था और अभूतपूर्व भी।

राजपूतों का यह दुस्साहस देखकर सैयद राजू बहुत बौखलाया और एक बड़ी सेना लेकर उधर झपटा, पर राणा प्रताप तो अपने दल-बल के साथ कहीं अदृश्य हो गए थे। राणा की खोज में भटकते हुए जगन्नाथ कछवाहा को खबर मिली कि वे कुंभलगढ़ में हैं। वह तुरंत कुंभलगढ़ की तरफ बढ़ा। इधर सैयद राजू को भी यही समाचार मिला। वह भी प्रताप को गिरफ्तार करने के लिए कुंभलगढ़ की तरफ बढ़ा। इन दोनों को राणा प्रताप तो नहीं मिले, पर इनका एक-दूसरे से कुंभलगढ़ में जरूर मिलाप हो गया।

एड़ी-चोटी का जोर लगाने के बावजूद जगन्नाथ कछवाहा को भी कुछ हासिल नहीं हुआ। दूसरों की तरह उसने भी अपनी खीज जीते हुए

क्षेत्र को उजाड़ने में निकाली। इस मामले में वह पहले के मुसलिम सिपहसालारों से भी दो कदम आगे था। अकबर ने समझ लिया कि मेवाड़ को झुकाने के सभी प्रयास व्यर्थ ही जाएँगे। उसने जगन्नाथ कछवाहा को लौट आने का हुक्म दिया।

□

12

महाराणा का विजय अभियान

जगन्नाथ कछवाहा के जाते ही राणा प्रताप फिर सक्रिय हो गए। उन्होंने मुगलों द्वारा स्थापित किए गए थानों को फिर से जीतने की योजना बनाई तो सबसे पहले उनके सर्वाधिक महत्त्वपूर्ण और सशक्त थाने देवीर को चुना। इससे पहले भी उन्होंने जब देवीर पर विजय प्राप्त की थी तो उसके साथ ही बाकी मुगल थानेदारों के छक्के छूट गए थे। देवीर का थानेदार शाहनवाज खाँ एक कुशल सेनापति और वीर योद्धा था। उसके पास देवीर की रक्षा के लिए पर्याप्त सेना थी। अपनी ताकत के घमंड में वह सोच भी नहीं सकता था कि राजपूत देवीर पर हमला कर सकते हैं। उसकी जानकारी के मुताबिक, महाराणा प्रताप और उनके सामंत अपनी सेना के साथ कहीं पहाड़ों में दुबके हुए थे। एक अफवाह यह भी थी कि राणा प्रताप परिवारसहित मेवाड़ छोड़कर कहीं और चले गए हैं।

ये अफवाहें राजपूतों के लिए बहुत उपयोगी सिद्ध हुईं, क्योंकि जब देवीर पर आक्रमण किया गया, शाहनवाज खाँ पूरी तरह गाफिल था। उसे अपनी सेना को व्यवस्थित करके मोरचा सँभालने का मौका भी नहीं मिला। थोड़ी देर की भयंकर मारकाट से ही आतंकित होकर मुगल सेना

अपाहन की तरफ भागी जहाँ उसे शरण और सहायता मिलने की आशा थी। राजपूतों ने उन पर निरंतर प्रहार करते हुए, अपाहन तक उनका पीछा तो किया ही, अपाहन पर भी आक्रमण कर दिया। अपाहन की सेना ने कुछ देर तो सामना किया, फिर उसके भी पैर उखड़ गए। प्रतिशोध के आवेश में जल रहे राजपूतों ने मुगल सैनिकों को काटकर रख दिया। यह मेवाड़ की प्रजा पर किए गए उनके अत्याचारों का दंड था।

राणा प्रताप की विजय-वाहिनी इसके बाद कमलगीर की तरफ बढ़ी। देवीर और अपाहन की पराजय की खबरें तब तक कमलगीर पहुँच चुकी थीं। दुर्गरक्षक अब्दुल्ला खाँ सावधान था और डरा हुआ भी। वह बड़ी बहादुरी से लड़ा, लेकिन युद्ध में मारा गया। कमलगीर की विजय के बाद शेष थानों को स्वतंत्र कराना सहज हो गया। एक-एक करके सभी ने हथियार डाल दिए।

अकबर को ये सारे समाचार मिल रहे थे, पर इस बार उसने मेवाड़ की मुगल सेना की सहायता के लिए किसी बड़े सिपहसालार को विशाल सेना के साथ नहीं भेजा। कई बार ऐसा करके अकबर ने उसका परिणाम देख लिया था। इससे मुगल साम्राज्य की प्रतिष्ठा बढ़ने के बजाय उसे धक्का ही लगा था। अकबर के सिपहसालारों ने मेवाड़ में जो नरसंहार, विध्वंस और लूटमार के कृत्य किए थे, उनसे भी बादशाह खिन्न था। उसे यह भी पता था कि स्वयं उसके दरबार के बहुत से राजपूत भी मेवाड़ के विरुद्ध इन सैनिक अभियानों से खिन्न थे।

मेवाड़ के विरुद्ध सैनिक कारवाई न करने का एक और बड़ा कारण यह था कि सन् 1579 से 1585 तक अकबर को उत्तर प्रदेश, बंगाल, बिहार और गुजरात में हो रहे विद्रोह का दमन करने में व्यस्त रहना पड़ा। ऐसे में वह मेवाड़ की तरफ कोई बड़ी सेना नहीं भेज सकता था। अभी ये विद्रोह पूरी तरह दबे भी नहीं थे कि पंजाब और

उत्तर-पश्चिम सीमाप्रांत में भी मुगलों के विरुद्ध विद्रोह की ज्वाला भड़क उठी। अकबर को इधर ध्यान देना पड़ा। विशेष रूप से सीमाप्रांत की तरफ जहाँ के विद्रोही कबाइलियों को किसी बड़ी सेना की सहायता से भी कुचलना आसान न था। वे जाँबाज लड़ाके तो थे ही, वहाँ का दुर्गम पर्वतीय प्रदेश उन्हें प्राकृतिक सुरक्षा भी प्रदान करता था।

परिस्थितियाँ बदल चुकी थीं। मुगलों के लिए मेवाड़ के विरुद्ध सैनिक काररवाई कराना कठिन था तो अपनी शक्ति बढ़ जाने के कारण राजपूतों के लिए अपने मेवाड़ को उनकी दासता से मुक्त कराना अपेक्षाकृत सरल हो गया था। धीरे-धीरे लगभग सारे मेवाड़ पर महाराणा प्रताप का अधिकार हो गया। महाराणा के सैन्य बल का अनुमान इस बात से भी लगाया जा सकता है कि जब वे जगन्नाथ कछवाहा और सैयद राजू की सैनिक काररवाइयों का सामना कर रहे थे, तब राठौरों ने लूना चावंडिया के नेतृत्व में उसे अच्छा अवसर समझकर प्रताप के विरुद्ध विद्रोह कर दिया। महाराणा उस विकट स्थिति में भी विचलित नहीं हुए और उन्होंने तत्काल मगरा के दक्षिण-पश्चिम में जाकर राठौरों को सबक सिखाना आवश्यक समझा। युद्ध में लूणा चावंडिया बुरी तरह पराजित हुआ और उसके बाद राठौरों ने कभी मेवाड़ के विरुद्ध सिर उठाने का साहस नहीं किया। यह घटना 1585 की है।

मुगलों के आधिपत्य से मेवाड़ को मुक्त कराने के इन विजय-अभियानों का नेतृत्व मुख्यतः अमरसिंह ने किया और हर मोरचे पर सफल रहा। महाराणा की विजय-वाहिनी ने जगन्नाथ कछवाहा के स्थापित किए 36 मुगल थानों पर अधिकार कर लिया। चित्तौड़, मांडलगढ़ और उत्तर-पूर्व के कुछ क्षेत्रों को छोड़कर शेष सारे मेवाड़ पर अब महाराणा प्रताप का अधिकार था। मुगल सेनापतियों के क्रूर अत्याचारों से मुक्ति पाकर मेवाड़ के जनसाधारण ने राहत की साँस ली। जो लोग सुरक्षा के लिए अपनी जमीनें और घर-बार छोड़कर पहाड़ों में चले गए थे, वे

फिर से अपने-अपने पुश्तैनी घरों में लौटने लगे।

मेवाड़-विजय से निवृत्त होकर राणा प्रताप ने आसपास नजर दौड़ाई, आमेर के कछवाहा वंश के प्रति उनके मन में विशेष रोष था। मानसिंह, उसके बाद उसके पिता राजा भगवानदास और चाचा जगन्नाथ कछवाहा ने मेवाड़ को बड़ी निर्दयता से तबाह किया था। अकबर के हरम में जोधाबाई का डोला भेजकर और उसके साथ संधि करने के बाद राजपूतों के विरुद्ध सैनिक काररवाइयाँ करके उन्होंने राणा की नजरों में घोर अपराध किया था, जिसका दंड देने का अवसर अब आ गया था। इस समय मेवाड़ के पास पर्याप्त सैन्य बल था, जबकि कछवाहा राजपूतों को मुगल सेना से सहायता नहीं मिल सकती थी, क्योंकि अकबर ने सारी सैन्य शक्ति विद्रोहों का दमन करने में लगा रखी थी। महाराणा की सेना ने आमेर के क्षेत्रों पर आक्रमण किए, मालपुरे को लूटने के बाद पूरी तरह नष्ट कर दिया, ताकि उन्हें पता चले कि विनाश-लीला की पीड़ा क्या होती है।

जैसा कि हम पहले उल्लेख कर चुके हैं, बाँसबाड़ा और डूंगरपुर सदा से मेवाड़ के मित्र थे, पर राजा भगवानदास ने उन्हें मुगलों की शक्ति से भयभीत करके और अकबर के दरबार में ओहदे दिलाने एवं सुरक्षा का आश्वासन देकर मुगलों के अधीन कर लिया था। महाराणा ने इनके विरुद्ध सेना भेजकर दोनों राज्यों को आसानी से अपने अधीन कर लिया।

अब समय आ गया था जीत की खुशी मनाने का। विजय-महोत्सव गोगूंदा में मनाया गया। एक विशाल सभा में वहाँ महाराणा प्रताप ने 13 वर्षों के मुगलों के विरुद्ध संघर्ष में साथ देनेवाले सभी सामंतों से लेकर जनसाधारण तक के प्रति आभार व्यक्त किया। उन्होंने अपने वीर सामंतों को बड़ी-बड़ी जागीरें देकर पुरस्कृत व सम्मानित किया, लेकिन इसके साथ-साथ राणा प्रताप अपने साधारण से साधारण सैनिक को भी नहीं भूले।

युद्ध में जिन सैनिकों ने असाधारण वीरता का प्रदर्शन किया था, उन सबको भी पुरस्कार देकर सम्मानित किया गया। जो योद्धा वीरगति को प्राप्त हुए थे, उनके परिवारों को राज्य की ओर से सहायता देने की तत्काल घोषणा की गई। युद्धकाल में उजड़े मेवाड़ के मैदानी इलाके को फिर से बसाने के लिए तत्काल कदम उठाने की घोषणा भी इस सभा में हुई। भूमिहीन किसानों को जमीन के पट्टे दिए गए, ताकि वे खेती कर सकें। जिन किसानों के पट्टे युद्धकाल में हुई आगजनी में नष्ट हो गए थे या खो गए थे, उन्हें नए पट्टे दिए गए।

धीरे-धीरे मेवाड़ की खोई हुई खुशहाली लौटने लगी। खेती की हरियाली दिखाई देने लगी और वर्षों तक फूँकी गई धरती पर फिर से किसानों के आवास दिखाई देने लगे। व्यापार तथा अन्य व्यवसायों को प्रोत्साहित करने के लिए राज्य की ओर से सहायता दी गई, ताकि मेवाड़ की खोई हुई संपन्नता लौट सके। जल की आवश्यकता पूरी करने के लिए कुएँ, बावड़ियाँ बनाने के लिए भी राजकोष से धन दिया गया। शिक्षा और स्वास्थ्य संबंधी कई योजनाएँ लागू की गईं।

मुगलों के साथ इन 13 वर्षों के सैनिक संघर्ष में चावंड महाराणा प्रताप की गतिविधियों का कई बार केंद्र रहा। पर्वतों से घिरा यह सुरम्य एवं सुरक्षित प्रदेश उन्हें बहुत प्रिय था। महाराणा प्रताप ने यहीं अपनी नई राजधानी बनाने का निश्चय किया। चावंड मेवाड़ के मित्र राज्यों के भी पास पड़ता था। किसी भी प्रकार का संकट आने पर वहाँ से कम समय में सहायता/आपूर्ति मिल सकती थी। इसके आसपास की धरती बहुत उपजाऊ थी, जहाँ खेती करके राजधानी और उसके आसपास के क्षेत्रों एवं सेना के लिए खाद्यान्न की आवश्यकता पूरी की जा सकती थी।

चावंड में राजमहल एवं अन्य भवनों को युद्धकालीन-स्थापत्य के नमूने कहा जा सकता है। महाराणा ने अपना महल चामुंडा देवी के

प्राचीन मंदिर के सामने बनवाया था। इसके निर्माण में महाराणा कुंभा और महाराणा उदयसिंह के बनवाए भवनों की स्थापत्य कला की झलक तो है, लेकिन युद्धकालीन-स्थापत्य का पुट भी है, यानी राजमहल एवं महाराणा के अपने प्रमुख सामंतों के लिए बनवाए गए भवनों की रूपरेखा ऐसी तैयार की गई थी कि सुरक्षा का पूरा ध्यान रहे।

अपने और अपने सामंतों के लिए भवनों का निर्माण कराने के साथ-साथ महाराणा प्रताप ने जनसाधारण का भी ध्यान रखा। उन्होंने चावंड को नगर का रूप दिया तो वहाँ सामान्य जन के आवास के लिए बहुत से कच्चे घर भी बनवाए। राणा प्रताप के बाद गद्दी पर बैठे महाराणा अमरसिंह के राज्यकाल में सन् 1615 तक चावंड सिसौदियावंशीय राजपूतों की राजधानी रहा। आज यह फिर से एक गाँव रह गया है, लेकिन यहाँ राजमहल एवं अन्य सामंतों की हवेलियों के खंडहर प्राचीन इतिहास की गाथा सुनाते प्रतीत होते हैं।

मेवाड़ में शांतिकाल आ गया था। वह वैभव व धन-धान्य से परिपूर्ण था। खेतों में फसलें लहलहाती थीं। व्यापार-वाणिज्य उन्नति पर था। न्यायप्रिय महाराणा स्वयं सबकी फरियाद सुनते थे। किसी के साथ अन्याय या अनुचित व्यवहार की शिकायत मिलने पर तुरंत अपराधी को दंडित किया जाता था। नैतिकता का स्तर अब पहले से भी उन्नत था, जिस कारण अपराध कम ही होते थे। बहुत से अपराध तो अभाव के कारण जन्मते थे और मेवाड़ अब अभावग्रस्त न था।

महाराणा प्रताप ने कलाओं और साहित्य को भी बहुत प्रोत्साहन दिया। कवि और कलावंत न केवल राजदरबार में पुरस्कृत होते थे, उन्हें भरण-पोषण के लिए सहायता भी उपलब्ध थी। इतिहासकारों का कहना है कि न केवल महाराणा के काल में, बल्कि उसके बाद भी चावंड में ललितकलाएँ और साहित्य फूले-फले। उसका ऐसा दीर्घकालीन प्रभाव पड़ा कि राजधानी बनी रहने के दो शताब्दियों बाद तक चावंड साहित्य

एवं कलाओं का केंद्र बना रहा।

शताब्दियों से बाहरी आक्रमणों में ध्वस्त हुए सारे मेवाड़ का पुनर्निर्माण हो रहा था। अतः वास्तुशिल्पियों तथा अन्य कारीगरों एवं सामान्य श्रमिकों के लिए भी रोजगार के नए अवसर उपलब्ध हुए। राजकोष भरपूर था और महाराणा उदारता से प्रजा के कल्याण के लिए खर्च भी कर रहे थे।

मेवाड़ सुरक्षा के वातावरण में फूल-फल रहा था, पर राणा प्रताप उसे किसी बाहरी आक्रमण से पूर्णतः सुरक्षित बनाने के प्रयत्नों में लगे रहे। उन्होंने सेना को और सशक्त बनाने पर ध्यान दिया। मुख्य ठिकानों की मोरचेबंदी को सुदृढ़ किया और किसी संभावित आक्रमण की स्थिति में एक थाने के दूसरे के साथ संपर्क करने व तत्काल सहायता पहुँचाने की व्यवस्था की।

सौभाग्य से अकबर की तरफ से कोई भी आक्रमण मेवाड़ पर फिर कभी नहीं हुआ, पर उसकी संभावना से कैसे इनकार किया जा सकता था। संभवतः इसी कारण महाराणा प्रताप ने अपने पिता की राजधानी उदयपुर पर अधिकार कर लेने के बाद भी चावंड को ही अपनी राजधानी बनाए रखा, जो उदयपुर की अपेक्षा अधिक सुरक्षित था। इतने बड़े मुगल साम्राज्य से टक्कर लेकर अंततः विजयी होना साधारण सफलता न थी, पर अंतिम समय तक राणा प्रताप को चित्तौड़गढ़ के मुगलों के अधिकार में रहने की पीड़ा सताती रही। मेवाड़ की प्रतिष्ठा और गौरव के प्रतीक इस दुर्ग की बहुत कड़ी सुरक्षा-व्यवस्था अकबर ने उसे जीतने के बाद ही कर दी थी। वहाँ एक बड़ी रक्षक सेना थी। महाराणा जानते थे कि चित्तौड़ को जीतने के प्रयास करने में बहुत अधिक रक्तपात होगा। अतः उन्होंने इसे प्रतिष्ठा का प्रश्न बनाने के बजाय मेवाड़ के पुनर्निर्माण पर ध्यान देने को वरीयता दी।

राणा प्रताप ने लगभग ग्यारह वर्षों तक नवनिर्मित मेवाड़ पर शासन किया। यद्यपि उनकी उम्र भी काफी हो गई थी, पर शिकार खेलने का

शौक बरकरार था। ऐसे ही शिकार के समय उनके पाँव में गहरा घाव हो गया। भील घायल महाराणा को चावंड के राजमहल में ले आए। राजवैद्यों ने बहुत यत्न किए, लेकिन उनकी दशा बिगड़ती चली गई। महाराणा की चिंताजनक हालत की खबर मिलते ही दूर-दूर के मेवाड़ के सामंत भी चावंड में एकत्रित हो गए, लेकिन कोई उपचार या प्रार्थना काम नहीं आई। 19 जनवरी, 1597 को मेवाड़ को पराधीनता के अंधकार से निकालकर स्वतंत्रता के प्रकाश में लानेवाला उनका जीवनदीप बुझ गया।

सारा मेवाड़ शोक में डूब गया। सारा राजपूत समाज अपना अनमोल रत्न खोकर स्तब्ध रह गया। राणा प्रताप का सबसे बड़ा शत्रु सम्राट् अकबर स्वाधीनता के इस पुजारी का हृदय से प्रशंसक था। कहते हैं कि शोकाकुल अकबर दरबार में चुपचाप बैठा था, तभी उसके दरबार के एक चारण दुरसा ने महाराणा प्रताप के महाप्रयाण से भावविह्वल राजस्थानी में एक छाप्पय सुनाया:

अण लेगा अण दाग,
पाग लेगो अण नाभी।
गो आड़ा गबड़ाय,
जिको बहतो धुर बायो॥
नवरोजे रह गयो,
न तो आतशा न वली।
न गो झरोखा हेठ,
जेथ दुनियाण दहल्ली॥
गहलोत राणा जीती गयो,
दशन मूँद रशनां उसी।
नीशास मूक भरिया नयण,
तो मृत शाह प्रताप सी॥

(जिसने कभी अपने घोड़े शाही सेना में भेजकर दगवाए नहीं,

जिसने किसी के सामने अपनी पगड़ी झुकाई नहीं; जो सदा शत्रुओं के प्रति उपहास से परिपूर्ण कवित्त ही गाता रहा, जो देश के भार की गाड़ी अपने बाएँ कंधे से ही खींचने की शक्ति रखता था, जो कभी बादशाह की खुशामद में नौरोज में हाजिर नहीं हुआ, सारी दुनिया में बादशाह के जिस झरोखे की बहुत प्रतिष्ठा थी, जो कभी उसके नीचे नहीं आया— ऐसा गहलौत महाराणा प्रताप विजयी रहकर संसार से विदा हुआ। यह समाचार जानकर शहंशाह अकबर ने दाँतों तले जीभ दबा ली है और उसकी आँखों में पानी भर आया है। हे महाराणा! तेरे निधन से ऐसा हुआ है।)

भरे दरबार में बादशाह के सामने उस शत्रु की ऐसी प्रशंसा! चारण दुरसा आढ़ा का यह दुस्साहस देख चारों ओर सन्नाटा छा गया। सब दरबारी साँस रोककर अकबर की प्रतिक्रिया की प्रतीक्षा करने लगे कि उद्दंड दुरसा को बादशाह क्या सजा देता है।

"वाह, क्या बात है! दुरसा, तुमने तो हमारे दिल की बात को कविता में कह सुनाया। अपना छाप्पय एक बार और पढ़ो।" अकबर के मुँह से निकला।

उसने दोबारा कविता सुनी, जी भर के उसकी और महाराणा की वीरता की प्रशंसा की और चारण दुरसा को भरपूर इनाम दिया।

जिस महाराणा के शत्रु भी उसके वीरोचित गुणों के इतने प्रशंसक थे, उसके प्रशंसकों, अनुयायियों, परिजनों के मनोभाव क्या रहे होंगे— इसकी सहज ही कल्पना की जा सकती है।

महाराणा प्रताप चले गए, पर अपनी शौर्यगाथा भारतीय इतिहास के पन्नों पर स्वर्णाक्षरों में लिखवा गए।

□

जीवन यात्रा

महाराणा प्रताप का जन्म	:	9 मई, 1549
अकबर का चित्तौड़ पर आक्रमण	:	23 अक्तूबर, 1567
प्रताप का राज्याभिषेक	:	28 फरवरी, 1572
जलाल खाँ कोरची का संधि–प्रस्ताव	:	सितंबर 1572
मानसिंह का संधि–प्रस्ताव	:	1573
राजा भगवानदास का संधि–प्रस्ताव	:	दिसंबर 1573
मानसिंह का मेवाड़ के लिए कूच	:	3 अप्रैल, 1576
हल्दीघाटी का युद्ध	:	21 जून, 1576
मानसिंह का गोगूंदा पर अधिकार	:	23 जून, 1576
राणा प्रताप का गोगूंदा पर फिर अधिकार	:	जुलाई 1576
अकबर का मेवाड़ अभियान	:	11 अक्तूबर, 1576
अकबर का मेवाड़ से लौटना	:	12 मई, 1577
शाहबाज खाँ का पहला मेवाड़ अभियान	:	15 अक्तूबर, 1577
कुंभलगढ़ पर शाहबाज खाँ का अधिकार	:	13 अप्रैल, 1578
उदयपुर पर फिर से मुगलों का अधिकार	:	14 अप्रैल, 1578
शाहबाज खाँ अकबर के सामने पेश	:	17 जून, 1578
शाहबाज खाँ का दूसरा मेवाड़ अभियान	:	15 दिसंबर, 1578
शाहबाज खाँ का तीसरा मेवाड़ अभियान	:	नवंबर 1579

रुस्तम खान का कछवाहा राजपूतों से युद्ध	:	जून 1580
अब्दुर्रहीम खानखाना का मेवाड़ अभियान	:	जून 1580
जगन्नाथ कछवाहा का मेवाड़ अभियान	:	दिसंबर 1584
मेवाड़ मुगलों से मुक्त	:	1885
महाराणा प्रताप का महाप्रयाण	:	19 जनवरी, 1597

□□□